Abenteuerland

Das Autorenteam

Uschi Flacke

Jan Flieger
mit Kater Nicki

Herbert Friedmann

Andreas Schreiner

Diese vier Autoren haben gemeinsam das »Abenteuerland« erfunden. Ein Land der unbegrenzten Möglichkeiten:
Uschi Flacke kennt sich aus in Sachen Grusel, Vampire und Gespenster. Jan Flieger weiß alles über Zeitreisen in die Vergangenheit. Andreas Schreiner ist der Spezialist für Weltraumabenteuer und für Reisen in die Zukunft. Und Herbert Friedmann ist Experte für komplizierte Kriminalfälle und Fachmann für die Ritterzeit. Gemeinsam sind sie das Spezialteam für Spannung und Abenteuer.

Abenteuerland

Andreas Schreiner

Raumkreuzer Sternenhai

Mit Illustrationen
von Manfred Rohrbeck

Arena

Den Titel »Abenteuerland« verwenden wir mit freundlicher Genehmigung der Künstlergruppe Pur. Das Lizenzhonorar für die Titelbenutzung kommt Schutzorganisationen zur Vermeidung des Missbrauchs von Kindern zugute.

In neuer Rechtschreibung

1. Auflage 2003

Innenillustrationen: Manfred Rohrbeck
Vorsatzillustration/ Illustration auf S. 6/7: Ference Regös
Nachsatzillustration: Karl-Heinz Höllering
Einbandgestaltung: Robert und Horst Marketing GmbH
Gesamtherstellung: Westermann Druck Zwickau GmbH
ISBN 3-401-05378-7

Inhalt

Die Haifisch-Bande

ias
Tine
Spocky
Vanessa
Mehmet
Alex

Spocky,

zehn Jahre alt, heißt eigentlich Daniel. Den Spitznamen verdankt er einem Kopfhörer mit Empfänger und intergalaktischer Antenne, ohne den er nicht aus dem Haus geht. Er hofft, irgendwann Signale von Außerirdischen zu empfangen. Außerdem gehört ein Fernglas mit Fotoauslöser zu seiner Standardausrüstung. In der Fabrik hat er sich ein Fotolabor eingerichtet. Spocky ist total durchtrainiert und ein scharfer Beobachter. Im richtigen Moment ist er absolut zuverlässig.

Vanessa,

neun Jahre, hat meistens Jeans an und T-Shirts mit Werwolfmotiven. Sie ist superabenteuerlustig und hat vor nichts und niemandem Angst. Sie mag Piratenbücher liest alles über Mumien. Will mal Action im Beruf, zum Beispiel bei einer Sondereinheit der Polizei.

Tobias,

zehn Jahre, wird wegen seiner Spürnase von seinen Freunden »Nosy« genannt. Er liest gerne Krimis, kennt alle klassischen Detektive und natürlich auch deren Kniffe. Außerdem hat er eine Schwäche für selbst erfundene Fremdwörter und für Schokoriegel. Sport mag er überhaupt nicht. Sein besonderes Kennzeichen: Wenn er aufgeregt ist, bohrt er in der Nase. Tobias ist der Chef des Detektiv-Trios und eigentlich ein ziemlich »cooler« Typ.

Der Zeitunfall

Die Geschichte beginnt in einer fernen Zukunft, jenseits von morgen und übermorgen.
In jener Zeit, in der die Menschen zu den Sternen fliegen, ist eine Gruppe von elf Frauen und Männern auf allen Planeten berühmt: *Die galaktischen Haie*.
Eines Tages erfindet einer von ihnen, der Wissenschaftler Professor Nosy, eine geheimnisvolle Kristallkugel, mit der man in Vergangenheit und Zukunft reisen kann. Begeistert erproben die Haie das Wunderding. Jeder von ihnen lässt sich in eine andere Zeit versetzen. Als der vorletzte Abenteurer startet, passiert ein Unfall. Die Kristallkugel verschwindet in der Vergangenheit, was nie hätte geschehen dürfen, denn ohne die Kugel können die Reisenden nicht heimkehren. Nur das letzte Mitglied der Haie, die galaktische Geheimagentin Nessie, bleibt zurück. Sie findet heraus, wohin die Kristallkugel verschwunden ist. Es ist die Zeit, in der sie und ihre Freunde von der Hai-

fischbande noch nicht erwachsen sind. Es ist unsere Zeit, in der wir heute leben.
Zwar besitzt Nessie ein Gerät, das Botschaften in die Vergangenheit senden kann, doch wen soll sie um Hilfe bitten? Nur wer die Kugel besitzt, kann die Verschollenen retten, und kein Erwachsener in unserer Zeit würde die Geschichte glauben. So schickt sie ihre Botschaft an die Kids der Haifischbande.
Mit Hilfe der magischen Kugel brechen Spocky, Vanessa und Tobias zu einer abenteuerlichen Zeitreise auf. Die Mission gelingt, denn die drei gewinnen in der Zukunft einen wertvollen Verbündeten: Der Sternenhai, das mächtigste Raumschiff der Galaxis, schließt Freundschaft mit ihnen.
Einen der Verschollenen können sie finden.
Nur einer von zehn. Neun andere warten noch auf Rettung.
Und auch die Haifischbande wartet gespannt . . . auf die nächste Botschaft aus der Zukunft.

Botschaft aus der Zukunft

Feuer speiend rast Vanessas Sternenkreuzer durch den Asteroidenhagel. Sie steuert das Raumschiff mit dem Joystick. Dabei drückt sie im Sekundentakt auf den Auslöser der Strahlenkanone. Jeder Schuss ein Treffer. Fliegende Felsen explodieren, glühende Splitter wirbeln durch den Weltraum. Es ist nur ein Videospiel, doch Vanessa kämpft mit vollem Einsatz. Sie ist die geborene Draufgängerin und verlieren ist für sie verboten.

»Booh ey!«, ruft Daniel. Von seinen Freunden wird er Spocky genannt. Den Spitznamen verdankt er seinem Kopfhörer mit integrierter Empfangsantenne, den er nur selten ablegt.

Spocky sitzt neben Vanessa und steuert das Begleitschiff. Im letzten Moment kann er den Splittern ausweichen. »Hör auf mit der verflixten Ballerei! Ich krieg den ganzen Schrott von dir ab.« Gleich darauf knallt etwas in den Schutzschirm von Spockys Schiff. Eine Anzeige auf dem Bildschirm leuchtet rot. »Sieh mal,

was du angestellt hast. Schutzschirme ausgefallen. Wenn das ein echtes Raumschiff wäre, säße ich jetzt ordentlich in der Tinte.«

»Ist aber nur ein Spiel«, entgegnet Vanessa, »und langweilig hoch hundert noch dazu. Ich wünschte, es wäre echt.« Sie gähnt und schießt noch ein paar von den Felsen ab.

»Langweilig?«, empört sich Vanessas Bruder Long Basti. »Das ist das allerneueste Videogame. Wenn es dir nicht passt, warum hängst du dann andauernd vor der Glotze? Deine Augen sind schon rechteckig.« Basti hat jede Lust an dem Spiel verloren, seit auf der Bestenliste

fünfmal hintereinander der Name »Vanessa« steht.
Long Basti feuert Spocky an: »Wärst du nicht so ein miserabler Schütze, könntest du Vanessa locker übertreffen. Nun schieß endlich!«
Spocky versucht es. Er verfehlt den Felsbrocken und trifft stattdessen ...
»Blindgänger!«, schreit Vanessa. Spockys Energiestrahl hat ihr Schiff schwer beschädigt. Die Steuerung ist im Eimer. Hilflos muss sie mit ansehen, wie es gegen einen Asteroiden prallt und endgültig vernichtet wird.
Long Basti erstickt fast vor Lachen. »Bravo, Zugabe!«
»Ich kann nichts dafür«, verteidigt sich Spocky. »In diesem irren Affenkäfig kann man sich nicht konzentrieren.«
Damit hat er Recht. In der ehemaligen alten Fischfabrik herrscht das Chaos. Hier befindet sich das Hauptquartier der Haifischbande. Die Bande besteht aus elf Kids im Alter von acht bis elf. Long Basti, Maja, Specki, Julia, Alex, Svenja, Tobias, Tine, Mehmet, Vanessa und Spocky. Sie haben einige der leer stehenden Fabrikräume mit alten Möbeln vom

Sperrmüll ausgestattet. Eine schöne Zentrale ist es geworden. Sogar einen alten Kühlschrank und einen Computer gibt es hier.
»Wumm!« Die Kommode fällt krachend um. Durch die Erschütterung öffnet sich die Kühlschranktür und der Computermonitor flimmert. Quer über Sitzbänke, Tische und Schränke liefern sich die Detektive Tine und Mehmet eine wilde Verfolgungsjagd.
Spocky betrachtet sie kopfschüttelnd. »Hört sofort auf. Seid ihr völlig plemplem?«
Niemand beachtet ihn, auch nicht Specki, der die günstige Gelegenheit nützt, um wieder mal den Kühlschrank zu plündern. Spocky sieht gerade noch, wie der letzte Rest seiner Frühstückssemmel verschlungen wird. Er will den Vielfraß zur Rede stellen, doch Specki flüchtet schon durch die Tür, die Backen voll gestopft wie ein Hamster. Die Detektive werden immer wilder. Mehmet springt von der Tischplatte, schnappt nach dem ausgestopften Hai, der von der Decke baumelt, und schwingt sich über Tine hinweg auf die Couch.
»Ich erwische dich!«, schreit Tine. »Und wenn ich dich habe, geht es dir schlecht. Ich schwör's.«

»Warum regst du dich auf?«, erwidert Mehmet keuchend. »An jemandem musste ich das Juckpulver ausprobieren. Nosy sagt, wir Detektive brauchen eine neue Geheimwaffe, wenn wir uns gegen Verbrecher und so wehren müssen.«
»Probier es gefälligst an dir selbst aus.« Tines Stimme überschlägt sich beinahe vor Wut. »Ha, jetzt entkommst du mir nicht mehr. Da hast du.«
»Nein, Hilfe! Nicht in die Hose. Aah!«
»Völlig plemplem«, wiederholt Spocky.
»Lass die Irren und spiel weiter«, fordert Vanessa ungeduldig. »Wegen dir habe ich knapp die Höchstpunktezahl verfehlt. Die will ich heute noch schaffen.«
Spocky nimmt wieder den Joystick zur Hand. Doch er spielt so schlecht wie noch nie. Nicht nur die ausgeflippten Detektive lenken ihn ab. Da sind auch andere Geräusche, die aus seinen Kopfhörern kommen. Ein seltsames Flüstern und Raunen, so als wolle ihm jemand etwas sagen. Jemand, der unvorstellbar weit entfernt ist.
»Pass auf!«, warnt Vanessa. »Junge, schläfst du? Sogar Basti kann das besser.«

»Booh ey«, flüstert Spocky. Sein Computerschiff explodiert. Es stört ihn nicht. Starr, beide Hände auf die Kopfhörer gepresst, sitzt er da und lauscht.
». . . Zeitkommando«, wispert es aus den Kopfhörern. »Agentin Nessie ruft das Zeitkommando.« Das Bild auf dem Monitor verzerrt sich. Vanessa schlägt ungeduldig mit der flachen Hand darauf.
»Lass das!«, schimpft Long Basti. »Du wirst das Ding endgültig ruinieren.«
»Psst!« Spocky dreht den Lautstärkeregler der Kopfhörer auf Maximalwert. Der Empfang ist so schlecht, dass er nur wenige Worte verstehen kann.
»Nessie ruft . . . melden . . . wiederhole . . . ruft das Zeitkommando . . . neue Mission . . .«
Der Drucker des Computers beginnt zu arbeiten, obwohl ihm niemand den Befehl gegeben hat. Er spuckt ein Bild aus. Blätter, Zweige und Felsen im Licht zweier Monde.
Nicht einer, sondern zwei Monde? Vanessa reibt sich ungläubig die Augen. Entweder ist das ein Phantasiebild oder es zeigt einen fremden Planeten. Einer der Monde leuchtet ge-

spenstisch rot. In der Mitte hat er einen großen schwarzen Fleck.
»Sieht aus wie das Auge eines Ungeheuers«, murmelt Long Basti.
»Jetzt ist der Funkempfang abgerissen.« Spocky klopft an die Kopfhörer. Er und Vanessa sehen einander an und nicken.
Vor ungefähr einem Monat hatte die Haifischbande eine ähnlich merkwürdige Nachricht erhalten. Auf dem Computermonitor war eine alte Frau erschienen, die sich »Nessie«, nannte. Sie behauptete, sie wäre Vanessa selbst, über hundert Jahre alt, und sie riefe aus der Zukunft an.
»Wenn ihr erwachsene Frauen und Männer seid«, so erzählte sie, »wird die Haifischbande auf allen Planeten der Galaxis berühmt sein. Eines Tages wird einer von euch, der Wissenschaftler Professor Nosy eine geheimnisvolle Kristallkugel erfinden, mit der man in Vergangenheit und Zukunft reisen kann . . .«
»Das Bild, das der Drucker ausgespuckt hat, kommt garantiert wieder aus der Zukunft«, kombiniert Spocky. »Wenn ich nur wüsste, was wir jetzt tun sollen.«
»Ist doch ganz einfach«, behauptet Vanessa.

»Was gibt's da lange zu überlegen? Wir benützen die Zeitkugel und reisen dort hin, woher das Bild stammt.«

»Ach, ganz einfach?« Spocky tippt sich an die Stirn.

»Schiss?«

»Nein, ich bin nur nicht dämlich. Nessie wollte mir etwas sagen, aber die Botschaft wurde unterbrochen. Wir tun nichts, bis sie sich wieder meldet. Wer weiß, vielleicht wollte sie uns vor einer Gefahr warnen.«

»Glaub ich nicht.« Vanessa umkreist aufgeregt das Bild. »Wahrscheinlich sind dem verflixten Zeitsender bloß wieder die Batterien ausgegangen und Nessie hat es nicht gemerkt. Sie glaubt vielleicht, wir haben alles verstanden, und macht keinen zweiten Versuch. Dann können wir zehn Jahre oder noch länger auf ihren Anruf warten.«

»Da ist was dran, aber . . .« Seufzend dreht sich Spocky zu den Detektiven um. »Ruhe! Ich muss nachdenken.«

Mehmet hat aus Pulver und Papiertaschentüchern kleine Kügelchen gerollt. Diese verschießt er mit dem Blasrohr. Er macht Jagd auf Tine.

Die Tür geht auf und Tobias, der Chef der Detektive, kommt in die Zentrale. Wegen seiner Spürnase wird er von seinen Freunden Nosy genannt. Dabei schubst er versehentlich Mehmet mit dem Türblatt, gerade als der wieder das Blasrohr an die Lippen setzt.
Pfft! Das Geschoss verfehlt Tine. Stattdessen bekommt der Pechvogel Spocky die volle Ladung Juckpulver ins Gesicht. Er hustet, spuckt und kratzt sich. »Jetzt reicht's!«, brüllt er wütend. »Nichts wie weg aus diesem Affenstall.« Er flüchtet aus der Zentrale. Vanessa und Tobias folgen ihm.

Am Stadtbrunnen wäscht sich Spocky das Gesicht. Sogar den Kopf steckt er unter Wasser. Es nützt nichts. Das Juckpulver der Detektive ist ein Teufelszeug.
Währenddessen erzählt Vanessa Tobias, was passiert ist.
»Wir müssen das Ganze detektivisch betrachten«, rät Tobias. »Nessie möchte, dass wir die verschollenen galaktischen Haie retten, das wissen wir schon von unserer letzten Zukunftsmission.«

»Ja, ja, Schnee von gestern«, mault Vanessa. »Langweilig hoch hundert.«
Tobias lässt sich nicht ablenken. Er denkt weiter laut nach: »Nessie kann die Verschollenen zwar mit einem Gerät namens Zeitlinse aufspüren und beobachten, doch sie kann sie nicht zurückholen. Das können nur wir, denn die Kristallkugel ist hier in unserer Zeit.«
»Deshalb schickt Nessie uns Bilder von den Orten und Zeiten, zu denen wir reisen müssen«, ergänzt Vanessa. »Wozu lange überlegen? Tun wir's.«
»Vanessa, schalt endlich mal dein Gehirn ein«,

stöhnt Spocky, »falls du so was überhaupt in deinem Kopf hast.« Seine Haare sind triefnass und das Gesicht ist knallrot. »Wir wissen nicht, was uns auf dem fremden Planeten erwartet. Ja, wir haben nicht mal eine Ahnung, wen von den Haien wir suchen sollen.«
»Na und?« Ungeduldig hüpft Vanessa am Brunnenrand auf und ab. »Das merken wir früh genug, wenn wir dort sind.«
Beide sehen Tobias an.
Der Detektiv bohrt in der Nase. Das macht er immer, wenn er angestrengt nachdenkt. »Wir müssen es tun«, sagt er schließlich. »Wir dürfen nicht vergessen, wer die galaktischen Haie in Wahrheit sind. Wir selbst sind es, die erwachsene Haifischbande. Wenn wir die Haie retten, retten wir uns selbst.«
»Ha, wer hat hier kein Gehirn?«, triumphiert Vanessa. »Zwei gegen einen. Du bist überstimmt.«
Spocky gibt nach, obwohl er kein gutes Gefühl dabei hat. Gemeinsam machen sich die drei auf den Weg zu ihrem Freund Old Krusemann.

Old Krusemanns Prophezeiung

Am Stadtrand, dort, wo der Fluss ins Meer mündet, an der Spitze einer Halbinsel, lebt der rätselhafte Seebär Old Krusemann. Seit einigen Jahren wohnt er in einem alten Eisenbahnwaggon im Schatten des Leuchtturms. Er ist ein seltsamer Kauz. Seine Sprache klingt eigenartig. Er kennt jede Menge Geschichten. Old Krusemann ist der Hüter der Zeitkugel. Nur Spocky, Vanessa und Tobias wissen, dass der Alte aus der Zukunft stammt. Ein Kurzschluss in der Zeitkugel hätte ihn hierher geschleudert, behauptet er. Er behauptet auch, er wäre selbst ein Mitglied der erwachsenen Haifischbande. Seinen echten Namen will er nicht verraten.

»Neunschwänziger Klabautermann!«, ruft Old Krusemann, als ihm Vanessa das Bild mit den zwei Monden auf den Tisch knallt. »Hat sich Nessie wieder gemeldet, ja?«

»Wir haben leider nur dieses Bild«, erzählt

Spocky. »Nessies Botschaft ist nicht angekommen. Der Kontakt wurde unterbrochen.«
Old Krusemann saugt an seiner Pfeife und stößt dabei dicke Qualmwolken aus. Er achtet nicht auf Vanessa, die mit der Hand wedelt, hustet und die Augen verdreht. »Und Nessie hat kein zweites Mal angerufen? Das gefällt mir nicht.«

»Ach was!«, wehrt Vanessa ab. »Wird schon nichts passieren!«
Old Krusemann bläst ihr einen Schwall Rauch ins Gesicht. Er wirkt ungewohnt ernst. »Hör zu, min Deern, du kleine Draufgängerin glaubst wohl, die Zeitkugel ist ein Spielzeug und nur zu deinem persönlichen Spaß da? Irrtum! Das Ding ist gefährlicher, als du dir vorstellen kannst. Ich komme selbst aus der Zukunft. Darum weiß ich, dass auf dieser Reise etwas Schlimmes geschehen wird.«
»Was?«, fragen alle drei gespannt.
Er dreht sich um und deutet mit der Pfeife auf Spocky und Tobias. »Ich habe durch den Zeitsprung viele Dinge vergessen, doch daran erinnere ich mich genau: Einer von euch wird in große Gefahr geraten. Mehr darf ich nicht verraten, sonst würdet ihr die Reise nicht wagen. Ihr müsst es aber unbedingt tun. Sonst wird die Zukunft der Galaxis verändert und ein galaktisches Volk geht zu Grunde.«
»Hast du zu tief in die Rumbuddel geguckt?«, fragt Vanessa respektlos. »Oder willst du uns bloß wieder Seemannsgarn verkaufen?«
»Das mit der Buddel ist keine schlechte Idee«,

brummt Old Krusemann. »Ich könnte jetzt einen Schluck brauchen.« Er holt eine bauchige Flasche aus der Seemannskiste, gießt sich ein wenig in ein Glas und nippt daran. »Schlecht für die Gesundheit, aber manchmal gut für die Nerven«, murmelt er und beobachtet die drei über seine Brillenränder. »Hört gut zu und merkt euch, was ich jetzt sage. Oft möchte man unangenehme Dinge durch eine Zeitreise verändern, eine schlechte Schulnote zum Beispiel. Wäre es nicht toll, verpatzte Schularbeiten noch mal zu schreiben, wenn man alle Aufgaben und Lösungen schon weiß?«

»Und ob!« Vanessa nickt begeistert.

Old Krusemann droht ihr mit dem Zeigefinger. »Lasst euch das ja nicht einfallen, niemals! Hütet euch davor, den Lauf der Zeit nach euren Wünschen zu verändern. ›Zeitparadoxon‹ nennt man das. Habt ihr eine Ahnung, was das bedeutet?«

Alle drei schütteln den Kopf.

»Ein Zeitparadoxon – das ist ein Widerspruch der Geschichte, eine Störung des Universums, ein . . .

Ach, das kann ich nicht erklären, weil ich es

selbst kaum verstehe. Jedenfalls ist es etwas ganz Gefährliches. So gefährlich, dass ihr es euch gar nicht vorstellen könnt. Welten können dadurch vernichtet werden, ganze Völker ausgelöscht.«

Er betrachtet ihre Gesichter. Alle sind blass geworden, sogar Vanessa. So grimmig und streng kennen sie ihren alten Freund nicht.

Old Krusemann nimmt einen tiefen Zug aus der Pfeife. Dann lächelt er wieder. »Zufällig weiß ich aber auch, dass diese Geschichte gut ausgehen wird. Habt keine Angst.«

»Ich werde dir gleich zeigen, wer hier Angst hat«, murrt Vanessa. »Los, dreh endlich die Zeitkugel! Ich will Action.«

»Zuerst die Ausrüstung«, erinnert Spocky.

Wortlos holt Old Krusemann drei silbrig glänzende Anzüge aus einer Kiste. Zu jedem Anzug gehört ein durchsichtiger Helm und ein silbernes Armband. Die Raumanzüge stammen aus dem Sternenhai, dem intelligenten Raumschiff, mit dem die drei bei ihrem letzten Zukunftsabenteuer Freundschaft geschlossen haben.

»Der Sternenhai hat versprochen, dass er uns

helfen wird, wenn wir bei einer Zukunftsreise in Gefahr geraten«, erinnert sich Spocky. »Er sagte, er kann uns überall und in jeder Zeit finden. Wir müssen nur unsere Silberarmbänder tragen. Vielleicht treffen wir ihn wieder. Was meinst du, Old Krusemann? Wird er kommen?«

»Wenn ich das genau wüsste, min Jong, dann würde ich jetzt nicht vor Sorge um euch zittern.« Old Krusemann legt das Bild mit den zwei Monden unter die Zeitkugel. »Der Sternenhai ist das mächtigste Raumschiff, das je durch die Galaxis geschippert ist. Bei ihm seid ihr sicherer als in Mamas Koje. Aber dieser kosmische Flosserich ist auch ein Spaßvogel und nimmt alles auf die leichte Schulter. Kann sein, dass er vergisst nach euch Ausschau zu halten. Bei allen Sternteufeln, so ungern habe ich euch noch nie auf die Reise geschickt.«

Vanessa, Spocky und Tobias kennen die Spielregeln. Sie setzen sich rund um die Kugel und fassen einander an den Händen.

»Nicht loslassen, bis der Sprung beendet ist«, mahnt Old Krusemann. »Wer verloren geht, schwimmt auf ewig im uferlosen Meer der

Zeit. Wenn ihr das Kribbeln des Zeitfeldes spürt, fasst euch an den Händen. Ich hole euch in einer halben Stunde zurück. Für euch können allerdings einige Tage vergehen, weil . . .«

»Weil die Zeit in der Zukunft schneller läuft«, unterbricht ihn Vanessa. »Wissen wir alles längst. Ist schließlich nicht unser erstes Zeitabenteuer.«

Der Alte seufzt. »Na, dann Ahoi und viel Glück.« Er dreht die Kugel dreimal im Kreis.

Es wird dunkel. Die Kids können einander nicht mehr sehen. Sie spüren aber den Händedruck und können sich unterhalten. Die Erde sackt unter ihnen weg. Eine unsichtbare Kraft erfasst die drei, hebt sie hoch und schleudert sie in den Weltraum. Unzählige Sterne funkeln. Die Sterne beginnen zu wandern, zuerst langsam, dann immer schneller.

»Wir reisen mit Überlichtgeschwindigkeit«, sagt Spocky. »Könnt ihr euch vorstellen, wie schnell wir unterwegs sind? Eine Mondrakete wäre eine Schnecke gegen uns, ach, was sag ich, noch tausendmal langsamer als die langsamste Schnecke . . . Booh ey!«

Auch Vanessa und Tobias schreien. Direkt vor

ihnen erscheint eine ungeheure Feuerkugel. Sie tauchen in ein Meer aus Licht. Nur einen Moment dauert es, wie ein gleißend heller Fotoblitz, der das ganze Universum erhellt. Dann umgibt sie wieder die Schwärze des Weltraums.

»W-was war das?«, stottert Tobias.

»Sternenfeuer«, antwortet Spocky. »Ich glaube, wir sind mit Volldampf durch eine Sonne gedüst.«

»Was nun?«, fragt Vanessa. »Durch einen Stern oder durch eine Sonne?«

»Das ist dasselbe. Alle Sterne am Himmel sind Sonnen. Sie sehen nur winzig klein aus, weil sie so weit weg sind.«

»Aber ich hab gar nichts gespürt«, wundert sich Tobias. »Ist das Sternenfeuer nicht sehr heiß?«

»Na, und ob!« In solchen Dingen kennt sich Spocky aus. Er ist ein echter Weltraum-Freak. »In einer Sonne ist es sogar tausende Grad heiß«, erkärt er. »Eigentlich hätten wir verglühen müssen. Vielleicht beschützt uns das Zeitfeld der Kristallkugel oder wir sind einfach zu schnell durchgeflogen. Wenn du den Finger

sehr schnell durch eine Kerzenflamme bewegst, spürst du die Hitze auch nicht. Wir hatten gar keine Zeit, zu verbrennen. Alles klar?«
»Glasklar«, bestätigt Tobias. »Es wäre mir trotzdem lieber, wenn wir langsamer fliegen würden.«
Im Gegenteil. Immer noch schneller werden sie durch das Universum geschleudert. Die vorbeirasenden Sterne sehen aus wie Feuerfunken, die aus einem unendlich großen Trich-

ter strömen. Der Funkentrichter beginnt sich zu drehen.
Vanessa jubelt: »Ja, das nenne ich Action. Hypergalaktisch!«
»Hypergalaktisch schlecht wird mir dabei«, beschwert sich Tobias. »Wann landen wir endlich? Der letzte Zeitsprung hat nicht halb so lange gedauert.«
»Wenn du kotzen musst, dreh dich gefälligst von mir weg.«
»Wie denn? Ich kann dich nicht mal sehen.«
Spocky hat andere Probleme. Das elende Juckpulver macht ihn total fertig. Nicht nur im Gesicht juckt es, auch im Nacken und am Hals. Schließlich erträgt er es nicht länger. Er muss sich kratzen. Mit beiden Händen rubbelt er am Kragen des Raumanzugs. Es hilft nichts. Je länger er kratzt, umso mehr verteilt sich das Zeug auf der Haut. Spocky murmelt eine Verwünschung.
Da wird ihm plötzlich klar, dass er den Kreis der Hände unterbrochen hat. Erschrocken sieht er sich um. Der Funkentrichter ist verschwunden. Die Sterne stehen still.
»Hallo, seid ihr noch da?«, fragt er unsicher.

Keine Antwort.
Er erinnert sich an die Worte Old Krusemanns: *Wer verloren geht, schwimmt auf ewig im uferlosen Meer der Zeit.*
»Vanessa, Nosy, wo seid ihr?«
Nichts. Absolute Stille. Das Pochen seines Herzens ist alles, was er hört. Er schwebt hilflos und winzig wie ein Staubkorn in der Unendlichkeit.
Old Krusemann, denkt Spocky, hat uns extra gewarnt. Und ich Idiot habe trotzdem nicht aufgepasst. Was mach ich jetzt bloß? »Booh ey«, flüstert er. »So habe ich mir den Trip zu den Sternen nicht vorgestellt.«

Die Nacht der Bestien

Vanessa und Tobias landen in einem Wald. Es ist Nacht und doch nicht völlig dunkel, denn zwei Monde tauchen alles in gespenstisches Zwielicht. Der eine Mond strahlt in grünem Licht. Der andere leuchtet rot. In der Mitte hat der rote Mond einen riesigen schwarzen Fleck.

Er sieht tatsächlich wie ein Auge aus, findet Tobias. Das böse, starrende Auge eines Dämons.

Auch der Wald wirkt nicht gerade einladend. Hässliche Pilze wachsen am Boden. Ihre knochenbleichen Hüte kämpfen sich durch dicke Moospolster. Flechten hängen von den Bäumen. Knorrige Äste erinnern an gierig grabschende Hände von Riesen, schwarz vor dem roten Mond. Es riecht nach Moder und verfaultem Unrat.

»Gruseliger geht es nicht«, murmelt Tobias.

»Schräger als jede Geisterbahn«, bekräftigt Vanessa. »Und wie es hier mieft, puh!« Sie rümpft die Nase. »Zuerst Old Krusemanns Stinkpfeife und nun das. Komm, sehen wir uns um. Wir müssen die verschollenen Haie finden.«

»Warten wir lieber, bis es hell wird«, schlägt Tobias vor. »Am besten auf einem Baum.«

»Jetzt weiß ich, was hier so stinkt.« Vanessa grinst. »Du hast die Hosen voll. Und zwar gestrichen voll, bis oben hin. Na gut, verkriech dich nur. Ich erforsche unterdessen diesen Gruselwald. Was ist mit dir, Spocky, kommst du mit?«

Niemand antwortet.

»Spocky?«

»Der hat sich verkrümelt«, vermutet Tobias. »Wahrscheinlich kann er es nicht erwarten, hier irgendwelche Außerirdischen zu finden.«

»Sieht ihm ähnlich.« Vanessa legt die Hände an den Mund und ruft: »Spocky, hu-huu!«

»Houuh! Wouuh!«, heult es so laut zurück, dass beide erschrocken die Luft anhalten.

Gelbe Augenpaare tauchen zwischen den Bäumen auf. Große graue Schatten huschen zwischen den Baumstämmen umher. Die Schat-

ten bewegen sich blitzschnell und fast lautlos. Weiße Fangzähne blitzen.
»Hallo, Spocky!«, ruft Vanessa. »Wenn du Außerirdische suchst, hier sind jede Menge davon!« Tiefes, drohendes Knurren von allen Seiten kommt als Antwort.
Vanessa sieht sich hastig um. »Uh-oh, ich glaube, die verstehen überhaupt keinen Spaß. Wir sind eingekreist.«
»Du und deine große Klappe«, schimpft Tobias. »Brüllt fröhlich durch die Gegend, damit alle Raubtiere auf uns aufmerksam werden. Danke, Vanessa. Hast du großartig hingekriegt.«
Vanessa umklammert den nächstbesten Stamm. Sie will daran hochklettern, scheitert aber kläglich. Die Rinde ist zu glatt. »Quatsch nicht so viel«, keucht sie. »Lass dir lieber was einfallen.«
»Warum ich?«
»Blöde Frage. Wer von uns beiden ist hier der Meisterdetektiv? Du oder ich?«
»Und wer von uns hat nun die Hosen voll, na?«
Vanessa kann es nicht fassen. Dieser verrückte Nosy steht blöde grinsend da und ist total cool. »Falls du es noch nicht bemerkt hast«,

zischt sie, »wir landen gleich im Magen von hungrigen Außerirdischen.«

»Die armen Außerirdischen«, spottet Tobias. »Wer dich frisst, bekommt garantiert Magenschmerzen.«

»Wie witzig!« Vanessa hebt einen dicken Ast auf und schwingt ihn drohend wie eine Keule über dem Kopf. »Verflixt, wo ist Spocky?«

Noch näher kommen die Schatten. Jetzt endlich kann man die Angreifer genauer erkennen. Fast wie Menschen sehen sie aus, doch sie sind am ganzen Körper dicht behaart und bewegen sich auf allen vieren. Raubtierhaft sind auch die gelben Augen und die entsetzlich langen Eckzähne. Vanessa, die Werwolfsgeschichten liebt, ist so fasziniert, dass sie für einen Moment alle Gefahr vergisst.

»Verziehen wir uns«, schlägt Tobias vor. Er berührt mit der flachen Hand ein Symbol an der Schulter des Raumanzugs und stößt sich mit den Beinen ab. Schwerelos fliegt er senkrecht nach oben. Enttäuschtes Geheul tönt hinter ihm her.

Vanessa sieht ihm verblüfft nach. Gleichzeitig ärgert sie sich über ihre eigene Dummheit.

»Die Raumanzüge! Die hab ich glatt vergessen. Wir können ja fliegen.«
Sie hat keine Zeit mehr, es Tobias nachzumachen. Ein Außerirdischer stürzt sich auf sie. Er packt ihren Arm mit den Zähnen. Doch es ist, als ob er auf Stahl beißen würde. Heulend vor Schmerz springt er zurück. Von oben hört man Tobias kichern.
»Wer die Anzüge des Sternenhais trägt, ist fast unverwundbar. Die können dir nichts tun.«
Es stimmt. Die Kids tragen die modernsten Anzüge der Galaxis. Sogar intelligente Computer sind darin eingebaut.
»Achtung! Computer-Notprogramm aktiviert Abwehrschirm«, tönt es aus Vanessas Helmlautsprecher. Im nächsten Augenblick umgibt sie ein schimmerndes Energiefeld. Das Feld passt sich genau ihren Körperkonturen an, wie eine durchsichtige zweite Haut.
»Haha!«, ruft Vanessa triumphierend. »An eurer Stelle würde ich jetzt die Fliege machen, sonst setzt es was.« Sie stemmt herausfordernd die Arme in die Hüften.
So, als würde ein freches Schoßhündchen ein

Rudel Wölfe ankläffen, denkt Tobias schmunzelnd.
Die Wolfsmenschen glotzen verdutzt. Nur ein besonders Mutiger schleicht schnüffelnd heran, bis seine Nase beinahe Vanessas Gesicht berührt. »Groaar!«
»Kusch!«, brüllt Vanessa zurück. »Zieh Leine!« Sie zupft ihm zur Warnung ein Barthaar aus.
Nun wird der Wolfsmensch zornig. Er packt das Mädchen und will es zerquetschen. Vergeblich. Der Energieschirm unterstützt Vanessas

Arm- und Beinbewegungen und verleiht ihr Riesenkräfte. Mühelos schmettert sie den Angreifer gegen einen Baumstamm, dass ihm Hören und Sehen vergeht. Sie droht ihm mit dem Zeigefinger. »Schlimmes, schlimmes Wolfilein. Pfui! Sitz!«

Da fällt die ganze Meute über sie her. Tobias springt vom Baum, um seiner Freundin zu helfen. Ein wilder Kampf beginnt. Die Außerirdischen sind mutig und zäh. Wenn sie Prügel einstecken, schütteln sie sich nur, sträuben die Haare und greifen erneut an.

»Das bringt nichts«, keucht Tobias. »Für jeden, den wir abwehren, kommen zwei neue dazu.«

»Lästige Typen«, bestätigt Vanessa. »Und blöd sind sie auch. Die lernen nichts dazu. Eigentlich müssten sie längst geschnallt haben, dass sie uns nicht fressen können.«

Gemeinsam schweben sie hoch zu den Baumkronen. Dort sind sie in Sicherheit.

Unten starren die Wolfsmenschen zu ihnen auf. Sie kratzen am Stamm, heulen und knurren.

»Ihr gehört allesamt auf den Hundeabrichteplatz!«, ruft ihnen Vanessa zu. »Ungezogene

Wolfis. Wehe, ihr pinkelt auch noch an den Baum.«

»Lass sie«, sagt Tobias. »Wir haben jetzt andere Sorgen. Wo ist Spocky? Hat er sich wirklich verkrümelt, ohne uns ein Wort zu sagen? Wenn ich's mir recht überlege, habe ich ihn gar nicht gesehen, als wir gelandet sind.«

»Ich auch nicht«, gibt Vanessa zu. »Vielleicht haben wir nur nicht darauf geachtet. Es ist so dunkel hier. Und da war auch zu viel Action.«

»Ja, vielleicht, aber wenn er wirklich nicht mit uns angekommen ist, dann . . .«

». . . ist er unterwegs verloren gegangen«, ergänzt Vanessa. »So ein Pech.«

»Pech? Furchtbar wäre das! Old Krusemann hat gesagt, wir müssen uns alle an den Händen halten während der Reise. Wer verloren geht, ist in der Zeit verschollen, für immer futsch.«

»Quatsch! Der wollte uns verkohlen.«

Schweigend sitzt Tobias auf einem Ast und lässt die Beine baumeln.

»Du meinst, er ist . . . tot?« Vanessas Stimme klingt plötzlich ungewohnt schrill. Tobias merkt, dass sie Angst hat, zum ersten Mal, seit er sie kennt.

»Nein, ich hoffe, dass er nur irgendwo anders gelandet ist.«
»Dann müssen wir ihn suchen.«
»Als ob das so einfach wäre.« Tobias' Augen schimmern feucht im Mondlicht. »Spocky wollte nicht reisen. Ich habe ihn überredet. Ich bin schuld.«
Vanessa setzt sich neben ihn und legt ihm tröstend den Arm auf die Schulter. »Wir haben ihn beide überstimmt. Und wir beide werden ihn wieder finden.«
»Wie? Wo und wann? Er könnte in einer anderen Zeit gelandet sein.«
»Suchen wir zuerst den Wald ab«, schlägt Vanessa vor.
Tobias nickt. »Na gut. Warten wir, bis es hell wird. Vielleicht schlafen die Ungeheuer tagsüber.«
So sitzen sie schlaflos auf einer Astgabel, während unten die Wolfsmenschen heulen und das rote Dämonenauge auf sie herabblickt. Erst kurz vor dem Morgengrauen nicken sie ein.

Das kranke Volk

Jemand lacht. Vanessa blinzelt verwirrt gegen die hoch stehende Sonne. Sie muss stundenlang geschlafen haben.
Unter dem Baum steht ein kleines Mädchen. Es ist etwa drei Jahre alt, schätzt Vanessa. Mit einen unsanften Tritt weckt sie Tobias. »Aufstehen, Faulpelz. Wir haben Besuch.«
Sie schaltet den Anti-Schwerkraft-Antrieb ein und schwebt ein Stück nach unten. Mitten in der Luft bleibt sie hängen und betrachtet das seltsame Kind. Es hat ein flauschiges Fell. Seine Haut ist nackt und unbehaart. Außerdem läuft es nicht auf allen vieren, sondern ganz normal auf zwei Beinen. Die Kleine verzieht die Mundwinkel zu einem Lächeln. Dabei werden lange, spitze Eckzähne sichtbar. Ihre Augen blitzen grün-gelb wie die einer Raubkatze.
»Das ist kein Menschenkind«, stellt Tobias fest. »Sei vorsichtig.«
»Ach was!« Vanessa streichelt den Kopf des

Mädchens. »Na, du? Was machst du hier allein? Hast du dich verlaufen?«
»Mrrau frouh mrri-ion«, stößt die Kleine mit heller Stimme hervor.
»Ich will auch fliegen«, tönt es leise aus den Lautsprechern der Raumanzüge.
»Ich werd verrückt!«, ruft Tobias verblüfft. »Computer, woher kennst du diese Sprache?«
»Es ist die Sprache des Planeten Wuuhl, der auch ›Wolfswelt‹ genannt wird«, antwortet die schlaue Maschine.
»Roohl, waru duhh mrri-ion. Waru duhh mrri-ion!«, ruft das Mädchen.

»Bitte, noch einmal fliegen. Noch einmal fliegen!«, übersetzt der Computer.

Vanessa tut ihr den Gefallen. Sie fliegt eine Runde und schlägt Saltos.

Das Mädchen quietscht vor Vergnügen. Auch Vanessa muss lachen.

Nur Tobias bleibt misstrauisch. »Kapier ich nicht«, murmelt er. »Die erwachsenen Wolfsmenschen benehmen sich wie hirnlose Ungeheuer, aber die Kinder sind klug und friedlich? Computer, kann die Kleine verstehen, was ich sage?«

»Nur wenn du das willst.«

»Ja, ich will.« Tobias winkt dem Mädchen und fragt: »Wie heißt du? Wie ist dein Name?«

»Muuhr«, antwortet die Kleine sofort. »Und du?«

»Tobias. Die fliegende Angeberin heißt Vanessa.«

»Thohbiihas, Vahnessaah«, wiederholt sie und grinst. »Das klingt lustig. Alles, was ihr sagt, hört sich komisch an. Fast so wie Hiulia. Die kann auch nicht richtig reden.«

»Hiulia? Computer, was bedeutet das?«

»Nicht feststellbar. Dieses Wort ist nicht gespeichert. Wahrscheinlich ein Name.«

»Hiulia ist eine Freundin von Papa«, erklärt Muuhr. »Sie macht Papa gesund.«

»Dein Papa?« Tobias sieht sich hastig um. »Ist der etwa in der Nähe?«

»Papa, Papa!«, schreit Muuhr. »Komm schnell her. Hier sind zwei kleine, fliegende Hiulias!«

Aus dem Wald ertönt Gebrüll und dann ein Laut, der wie ein tiefer, satter Rülpser klingt.

»Mahlzeit«, wünscht Vanessa. »Ich hoffe, dein Papa hat schon gefrühstückt.«

»Nein, hat er nicht.« Muuhr kichert. »Hörst du nicht, dass er noch ganz grollig und brüllig ist?«

»Grollig und brüllig, aha.« Vanessa hat wieder einen dicken Ast aufgehoben und beobachtet lauernd das Unterholz. »Der soll mir lieber nicht zu nahe kommen, sonst wird sein Schädel auch noch gewaltig brummig.«

»Du bist gemein! Mein Papa ist der allerliebste Papa auf der Welt«, versichert die Kleine entrüstet.

»Groaar!« Eine fast zwei Meter große Gestalt hat sich auf leisen Sohlen angeschlichen. Ehe Vanessa reagieren kann, nimmt ihr der riesige, muskelbepackte Wolfsmann den Prügel aus der Hand und zerbricht ihn wie einen Zahnstocher. »Hohoho!«, lacht er und klopft sich vergnügt auf den Schenkel. »Grohtoh, grotoh! Varnotha knartz, fra mutzuh? Mi Wampf? Hohoho!"

»Hohoho, reingefallen, reingefallen!«, übersetzt der Computer. »Was wolltest du denn mit dem Knüppel, du Zwerg? Mich etwa verhauen? Hohoho!«

Vanessa und Tobias können es kaum fassen. Der Wolfsmensch spricht und hat Kleider an. Er geht auch aufrecht, auf zwei Beinen.

»Na, Muuhr, hast du neue Freunde gefunden?« Er beugt sich zu ihnen herab. Seine Miene wirkt forschend, aber nicht unfreundlich. »Euch beide hab ich noch nie gesehen. Hmrrh, eure Augen . . . sind ungewöhnlich.«

»Vahnessaah und Thohbiihas können fliegen«, erzählt Muuhr aufgeregt. »Darf ich das auch lernen, Papa?«

»Na klar.« Der Wolfsmann hebt seine Tochter hoch, wirft sie in die Luft und fängt sie auf. »Noch mal?«

»Pfft, das war doch nichts Richtiges«, mault die Kleine.

Vanessa kann nicht widerstehen. Sie schaltet das Anti-Schwerkraftfeld ein und führt Flugkunststücke vor. Zu ihrer Enttäuschung reagiert der Wolfsmann nicht allzu erstaunt.

»Schon als ich eure Kleider und Augen sah, dachte ich mir, dass ihr von weit her kommt«, sagt er in seiner grollenden Sprache. »Ihr seid nicht die einzigen Zeitreisenden auf Wuuhl. Doch das wisst ihr selbst wahrscheinlich besser als ich.«

»Ja, wir sind zu dritt gestartet«, erwidert Tobias aufgeregt. »Ist der andere Zeitreisende ungefähr so groß wie wir und auch so angezogen?«

»Nein, so einen habe ich nicht gesehen. Doktor Hiulia ist eine Frau. Sehr alt, sehr weise. Wir sind Freunde.«

»Doktor Hiulia?«, wiederholt Tobias nachdenklich. »Bei all der Action habe ich glatt vergessen, warum wir überhaupt hierher gekommen sind. Wir sollen einen Verschollenen aus der alten Haifischbande retten. Eine Frau namens Hiulia? Hm, in der Haifischbande gibt es nur eine, deren Namen so ähnlich klingt.«

»Klarer Fall!«, ruft Vanessa. »Hypergalaktisch! Unsere Julia als alte Oma. Da bin ich aber neugierig.«

»Ich bringe euch zu ihr«, bietet der Wolfsmann an. »Mein Name ist übrigens Rowlf. Ich gehöre zum Volk der Wuuhls.« Zögernd streckt er ihnen die behaarte Hand entgegen. »Ihr nennt euch Menschen, hat Hiulia erzählt. Und so begrüßt man sich bei euch, nicht wahr?«

»Stimmt«, bestätigt Vanessa. Sie nimmt die Hand und schüttelt sie.

Tobias folgt ihrem Beispiel. Recht wohl ist ihm nicht dabei. Rowlfs Hand ist so riesig, wie er noch keine gesehen hat, und an seinen Fingern sind messerscharfe Krallen.

Gemeinsam wandern sie durch den Wald. Bei Tageslicht wirkt er nicht mehr gruselig, sondern wunderschön. Auch der Modergeruch hat sich im Sonnenschein verflüchtigt. Es duftet angenehm nach Harz. Rowlf singt zu Ehren seiner Gäste ein Lied. Leider klingt es entsetzlich falsch.

»Ätzend!«, ruft Vanessa. »Bei dem Gejaule rollen sich ja die Schuhsohlen ein.« Sie presst die Hände an die Ohren.

»Hohoho!« Rowlf brüllt vor Lachen. »Murri mani maumunk!«
»Was bedeutet das?«, fragt Vanessa.
»Genau lässt es sich nicht übersetzen«, antwortet der Computer. *»Murri* heißt *klein, mani* bedeutet *Angeber* und *maumunk* heißt so viel wie *Kind, das noch nicht rein ist.«*
»Das bedeutet, dass er dich gerade einen kleinen, frechen Hosenmatz genannt hat«, ergänzt Tobias spöttisch.
»Was?«, brüllt Vanessa. »Na, warte, dir werd ich's zeigen!«
»Maumunk, maumunk, hihihi!«, jubelt Muuhr und hüpft fröhlich voraus.
»Hosenmatz, Hosenmatz«, übersetzt der Computer unnötigerweise.
Vanessa wird knallrot vor Wut. Sie stampft mit dem Fuß auf.
»Hohoho!« Rowlf hält sich den Bauch vor Lachen. »Das war die Rache dafür, dass du mich gestern Nacht so vermöbelt hast. Ich kann mich nur noch dunkel erinnern, dass wir euch angegriffen haben, aber die blauen Flecke spüre ich dafür umso deutlicher. Ein toller Kampf! Äh, ihr seid doch nicht etwa nachtragend?«

»D-du warst dabei? A-aber . . .«, stottert Tobias, »warum? Du kannst doch nicht einfach so Leute überfallen.«
»Was jammerst du? Du lebst ja noch.«
Vanessa funkelt ihn wütend an. »Wir sollen nicht nachtragend sein? Na, entschuldige mal, wir dachten, du wolltest uns zum Abendessen futtern! Oder war alles nur Theater?«
»Bestimmt nicht. Hättet ihr euch nicht so tapfer gewehrt, wärt ihr jetzt tot und ich satt, hohoho!«
»Der ist vollkommen plemplem«, flüstert Vanessa Tobias ins Ohr.

Rowlfs Lager ist nicht weit. Viele Wuuhls hocken dort um ein Lagerfeuer. Die Kleinen sind von Menschenkindern kaum zu unterscheiden. Aber die Erwachsenen sehen mit ihren langen Fangzähnen wie Raubtiere aus. Vanessa erkennt mehrere, gegen die sie nachts gekämpft hat. Von wilden Bestien kann aber keine Rede mehr sein. Alle grüßen höflich und lächeln ihnen zu.
Direkt am Feuer sitzt eine alte Frau. Als sie Vanessa und Tobias sieht, springt sie auf.

»Nein, das ist unmöglich! Träume ich?« Sie berührt Vanessa, um zu sehen, ob sie echt ist. »Nessie?«, fragt sie unsicher.
»Julia?« Auch Vanessa ist platt. Das soll ihre beste Freundin sein? Gestern war sie noch ein neunjähriges Mädchen und nun ...
Julias Haare sind lang und schneeweiß, ihre Haut ist faltig. Nur die Augen sind dieselben geblieben. Dunkelblau und fragend blitzen sie unter langen Wimpern hervor.
»Nessie, Nosy, was ist mit euch passiert? Hat euch die Zeitreise um neunzig Jahre jünger gemacht? Und warum seid ihr hierher gekommen? Wir hatten ausgemacht, dass jeder allein reist.«
»Wir sind natürlich gekommen, um dich zu retten«, antwortet Vanessa. »Was dachtest du?«
»Ich versteh nur Bahnhof«, gibt Julia zu. »Wovor wollt ihr mich retten? Ich komme gut allein zurecht. Außerdem kann ich jetzt noch nicht zurückreisen.«
»Soll das heißen, du hast von dem Unfall mit der Zeitkugel nichts mitgekriegt? Du wusstest nicht, dass du in dieser Zeit festsitzt?«

Julia schüttelt den Kopf. »Setzt euch und frühstückt mit mir. Dann können wir alles in Ruhe besprechen.«

Vanessa und Tobias erzählen alles über den Zeitunfall und über die letzte Nacht. Julia bleibt dabei ganz locker, wie Vanessa bemerkt. Da ist keine Spur mehr von dem übervorsichtigen, manchmal ängstlichen Mädchen, das sie bisher gekannt hat. Nur bei der Geschichte mit Spocky runzelt sie besorgt die Stirn. Sie sagt aber nicht mehr dazu als: »Keine Sorge, der weiß sich bestimmt zu helfen. Unkraut vergeht nicht.«

Dann erklärt sie ihre eigene Mission.

»In der Zeit, aus der ich hierher gereist bin«, berichtet sie, »erzählt man sich über den Planeten Wuuhl seltsame Legenden von einer schrecklichen Krankheit, die alle Einwohner dieses Planeten in mörderische, tierhafte Bestien verwandelt. Als Tierärztin und Spezialistin für außerirdische Krankheiten haben mich solche Geschichten schon immer interessiert. Mit Professor Nosys Zeitkugel«, sie nickt Tobias zu, »bin ich hierher gereist, um zu sehen, ob die Geschichten wahr sind.«

»Es ist leider wahr«, bestätigt Rowlf. »Wir Wuuhls sind eigentlich ein friedliches Volk, doch zu gewissen Zeiten werden wir unruhig und streitsüchtig. Wenn wir das spüren, laufen wir in den Wald. Wir ziehen unsere Kleider aus, schreien und heulen. Wir werden wie Tiere und wissen nicht mehr, was wir tun.«

»Wie Werwölfe!«, ruft Vanessa fasziniert. »Am Tag sind sie friedliche Menschen und nachts, bei Vollmond, töten sie.«

»Leider handelt es sich hier um kein Gruselmärchen, sondern um eine echte Krankheit«, sagt Julia ernst. »Die Irrsinnsanfälle kommen nicht nur nachts, sondern ebenso oft tagsüber.«

»So ist es«, bestätigt Rowlf traurig. »Wehe denen, die uns dann über den Weg laufen. Wir erkennen andere Wuuhls am Geruch. Alle, die nicht nicht so wie wir riechen, werden angegriffen. Sorry, wir können nichts dagegen tun.«

»Und deshalb solltet ihr euch schnellstens mit diesem Zeug hier versorgen«, ergänzt Julia. Ehe Vanessa und Tobias protestieren können, besprüht sie Julia aus einer Parfümflasche.

»Iih, pfui!« Vanessa schüttelt sich vor Ekel. Auch Tobias hält sich sie Nase zu. »Da wird einem ja kotzübel!«, keucht er. »Das mieft wie eine tote, halb verfaulte Katze.«
»Stimmt, ich habe den Duftstoff aus einem toten Tier hergestellt«, erklärt Julia stolz. Als sie bemerkt, wie Vanessas Gesicht rot anläuft, fügt sie rasch hinzu: »Natürlich sind keine Krankheitskeime oder Bakterien mehr drin. Es ist alles medizinisch sauber. Ich weiß, der Duft ist noch ein wenig zu stark.«
»Ein wenig stark nennst du das?«, schimpft

Vanessa. »Ich stinke zehn Kilometer gegen den Wind! Und wie das juckt.«

»Das geht rasch vorbei«, tröstet Julia.

»He, was ist denn mit dir los?« Erschrocken sieht Vanessa Tobias an. Dem sprießen überall Haare im Gesicht, und zwar im Rekordtempo.

»Das Mittel hat eine harmlose Nebenwirkung«, erklärt Julia seelenruhig. »Ich habe es mit einem Haarwuchsmittel der Wuuhls gemixt. Wirkt sensationell, sag ich euch. Von Natur aus sehen Rowlf und seine Leute nämlich genauso aus wie wir. Das Körperfell ist nur ein Modegag, der allerneueste Knaller sozusagen.«

»Harmlos? Modegag?« Vanessa befühlt ihre Wangen und ihr stockt der Atem. Sie läuft zu einem Tümpel. Dort betrachtet sie im Wasser ihr Spiegelbild. Sie kippt fast um vor Schreck.

»Igitt! Ich sehe aus wie . . . wie ein Teddybär!« Kreischend stampft sie mit dem Fuß auf.

Die kleine Muuhr findet das irre komisch. Sie macht es Vanessa nach. Stampfend, kreischend und lachend hüpft sie herum. Dazwischen ruft sie immer wieder: »Tehdibähr! Maumunk! Tehdibähr!«

Das bringt Vanessa endgültig zum Ausrasten. Sie brüllt Julia an. »Ja, bist du total übergeschnappt? Mach das wieder weg, sofort!«
Tobias reagiert gelassener. »Reg dich ab«, rät er. »Wenigstens wird uns niemand mehr angreifen.«
»Zur Zeit besteht keine Gefahr«, behauptet Rowlf. »Wir Wuuhls leiden schon so lange wir denken können an dieser Krankheit. Die Wahnsinnsanfälle kommen stets zu bestimmten Zeiten. Wir haben einen Kalender dafür gemacht. Die Krankheit wird erst wieder heute Nachmittag ausbrechen. Wir sollten uns jetzt besser auf den Weg machen, Doktor Hiulia. Du musst die Blutproben ins Labor bringen.«
Julia schüttelt den Kopf. »Leider konnte ich heute Nacht wieder keinem von euch Blut abnehmen. Je länger ich auf diesem Planeten bin, desto mehr werde ich selbst krank. Wenn die Anfälle kommen, kann ich kaum noch klar denken.«
»Du hast dich angesteckt?«, fragt Tobias entsetzt.
»Ja, ihr wahrscheinlich auch. Deshalb dürft ihr auf keinen Fall zur Erde zurückkehren, be-

vor ich ein Gegenmittel gefunden habe, sonst breitet sich die Seuche auch dort aus.«

»So kann ich mich ohnehin nie mehr zu Hause sehen lassen«, jammert Vanessa. »Basti würde vor Lachen ersticken. Sie würden mich im Fernsehen zeigen und auf dem Jahrmarkt und . . .«

»Winseltüte«, spottet Julia. Sie kann sich ein Grinsen nicht verkneifen.
Da muss auch Vanessa lachen. Bisher war es immer umgekehrt und sie hat Julia wegen ihrer Jammerei verspottet.
»Kein Grund zur Panik«, versichert Rowlf. »Die Haare fallen nach sechs Stunden wieder aus. Es ist wirklich nur Mode, fast so wie Kleider. Steht dir übrigens ausgezeichnet, Vahnessaah.«
»Das finde ich auch«, meint Tobias grinsend. »Ich weiß gar nicht, warum du dich aufregst. Du wolltest doch immer Werwölfe sehen. Nun brauchst du bloß in den Spiegel zu gucken.«

Nach dem Frühstück brechen sie gemeinsam auf. Sie folgen einem schmalen Pfad, bis sich der Wald auf eigenartige Weise verändert.
»Die Wuuhls bauen ihre Wohnungen nicht, sondern lassen sie wachsen«, erklärt Julia. »Sie verstehen mehr von Pflanzen als jedes andere Volk der Galaxis. Ich weiß nicht, wie sie das machen. Irgendwie können sie mit den Bäumen reden, ihnen Befehle geben. Sie bestimmen, dass ein Baumstamm hohl wie ein

Haus wachsen soll, und er tut es. Sogar die Türen und Fenster bilden sich von selbst.«

»Ja, und noch viele andere Dinge«, bestätigt Rowlf stolz. »Auch unsere Kleider können wir in Gärten züchten. Natürlich dauert es Jahre, bis eine Wohnung so groß gewachsen ist, dass man einziehen kann. Darum pflanzen wir jedem neugeborenen Kind einen Baum als Willkommensgeschenk. Seht, der hier gehört Muuhr.« Er zeigt auf einen jungen Nadelbaum. Der Stamm ist kaum zwanzig Zentimeter dick. Trotzdem kann man schon deutlich Türen, Fenster und einen Balkon erkennen, alles winzig wie ein Puppenhaus. Neugierig späht Vanessa durch ein Fenster. Sogar Möbel im Miniformat sind drin.

Julia führt sie zum Krankenhaus. Gewaltig dicke Bäume stehen dort so eng nebeneinander, dass ihre Stämme zusammengewachsen sind und ein großes, mehrstöckiges Gebäude bilden. Innen sind sie wunderschön und modern. Das Holz ist glatt poliert. Es schimmert wie Seide. Auch elektrischen Strom gibt es.

»Wir haben bestimmte Pflanzen so gezüchtet, dass ihre Blätter wie viele winzige Kraftwerke funktionieren«, erklärt Rowlf. »Sie wandeln das Sonnenlicht in elektrischen Strom um. Die Wuuhls erzeugen fast nichts aus Stein oder Metall. Wozu auch? Man kann gewisse Holzarten durchsichtig wie Glas wachsen lassen«, er streicht über eine Fensterscheibe, »oder so, dass sie hart und zäh wie Metall werden. Die Natur gibt uns alles, was wir brauchen. Man muss nur Geduld haben.«

Julia betritt das Labor. Zwei Wuuhl-Frauen in weißen Kitteln verbeugen sich vor ihr.

»Haben Sie das Blut eines Kranken mitgebracht, Doktor?«

»Nein, leider wieder Fehlanzeige. Ich bin selbst schon zu krank.«

»Aber wir könnten es tun«, sagt Tobias.

Julia sieht ihn nachdenklich an. »Ja, vielleicht. In den Raumanzügen des Sternenhais seid ihr stark und unverwundbar. Das könnte klappen. Ich erkläre euch, wie ihr es machen müsst.«

Unter den strengen Anweisungen der Ärztin müssen beide die nötigen Handgriffe üben. Rowlf spielt das Opfer. Der gutmütige Wolfsmann lässt sich nicht nur freiwillig piksen, sondern erklärt Vanessa auch, wie man einen kranken Wuuhl so festhält, dass er sich nicht mehr bewegen kann.

»Schnapp sie dir von hinten«, rät er. »Achte auf Kopfstöße und fessle auch die Beine. Erst dann hat Thohbiihas eine Chance mit der Nadel.«

Den ganzen Vormittag trainieren sie. Rowlf verrät Vanessa viele Ringkampftricks und sie ist eine gelehrige Schülerin. »Wenn du länger bei uns bleiben würdest, könntest du eine unschlagbare Jägerin werden, der Schrecken der Wälder.« Rowlf zwinkert ihr zu.

»Sie ist schon jetzt der Schrecken der Haifischbande und ihrer Lehrer«, spottet Tobias.

»Und eines Tages wird sie der Schrecken aller Verbrecher in der Galaxis sein«, ergänzt Julia lachend.

In letzter Sekunde

Am Nachmittag sitzen sie gemeinsam in Julias gemütlichem Baumhaus und beraten sich.
»Julia, wie lange wird es dauern, bis du die Wuuhls von der Krankheit geheilt hast?«, fragt Tobias. »Wir können nicht ewig hier bleiben.«
»Keine Ahnung. Ich habe eben erst angefangen. In der Zeit, aus der ich hierher gereist bin, ist diese gefährliche Krankheit auf einem anderen, neu entdeckten Planeten wieder aufgetaucht. Alle, die dort hinreisen, werden zu Bestien. Es gibt kein Gegenmittel. Ich wollte helfen, doch die Raumflotte hat den Planeten gesperrt. Nicht einmal Ärzte dürfen ihn betreten. Schließlich habe ich mich an die Legende von Wuuhl erinnert. In meiner Zeit sind alle Wuuhls gesund. Niemand weiß, wie sie geheilt wurden. Um dieses Rätsel zu lösen, bin ich hierher gereist. Nein, ich kann jetzt nicht weg. Und ihr könnt auch nicht zurück, sonst steckt ihr womöglich die Menschen auf der Erde an.«

»So einfach ist das nicht.« Unruhig schaukelt Tobias auf seinem Stuhl hin und her. Er ist plötzlich wütend, aber er weiß nicht, auf wen oder was er Wut hat. »Old Krusemann bestimmt, wann wir zurückkehren, nicht wir. Niemand weiß genau, wie schnell die Zeit hier vergeht. Es kann gleich jetzt so weit sein oder erst in ein paar Tagen.« Er schlägt mit der Faust auf den Tisch. »Wir können nichts tun als rumsitzen und warten. Ich hasse das!«

Vanessa ballt ebenfalls die Faust. »Stimmt. Die Mission ist eine einzige Panne. Zuerst verlieren wir den Kontakt zu Nessie, dann verschwindet der verflixte Spocky.« Ihre Augen funkeln Julia an. »Und jetzt willst du nicht mitkommen, uns sogar hier festhalten, du feige Winseltüte! Denkst wohl, wir sind zum Spaß hergekommen?«

Julia springt auf und wirft dabei den Stuhl um. Dann fährt sie sich mit der Hand über die Augen. Sie atmet schwer. »Ruhig bleiben, nicht streiten«, mahnt sie. »Das sind die ersten Anzeichen der Wahnsinnskrankheit.«

»Wir haben uns wirklich angesteckt?«, fragt Tobias entsetzt. »Was können wir tun?«

»Sofort raus hier«, kommandiert Julia. »Jetzt ist der beste Moment, um einem Wuuhl das Blut abzunehmen, bevor sich unsere Gedanken verwirren.«

»Denkste! Ich bin total klar im Kopf«, behauptet Vanessa. Sie öffnet die Tür mit einem Fußtritt und stürzt ins Freie. Ihr ist so eigenartig zu Mute. Am liebsten würde sie davonrennen, irgendwohin.

In der Stadt herrscht Chaos. Überall ziehen sich die Wuuhls ihre Kleider aus und hetzen in Richtung Wald davon. Tobias befolgt Julias Rat. Er versucht an etwas Schönes zu denken. Das hilft ein wenig. Es ist schwer, sich zu konzentrieren. Er möchte eigentlich nicht nachdenken, sondern laufen, jagen, alles um sich zerschlagen.

Auch Julia kann sich kaum noch beherrschen. Ihr Gesicht verzerrt sich. »So schlimm war es noch nie«, stößt sie mühsam hervor. »Ich muss mich sofort mit dem Wuuhlduft einsprühen. Wo ist er nur?« Mit zitternden Händen fischt sie die Parfümflasche hervor. »Verflixtes Ding!« In einem plötzlichen Wutanfall zerschmettert sie das Fläschchen am Boden.

»Halt, nein!«, ruft Tobias erschrocken. »Ohne

das Zeug wirst du angegriffen und du hast keinen Schutzanzug.«
»Kümmert euch nicht um mich«, flüstert Julia ernüchtert. Sie ist kreidebleich geworden. »Ich bin alt und einmal müssen wir alle sterben.«
»Tollpatschige Winseltüte«, schimpft Vanessa. »Geschieht dir ganz recht, wenn du gefressen wirst.«
Tobias packt Vanessa mit beiden Händen und brüllt sie an: »Wir sind krank, hörst du! Wir müssen an was Schönes denken, cool bleiben.« Dabei würde er selbst vor Wut am liebsten um sich schlagen.
»Krank?«, murmelt Vanessa. Für einen Moment wirkt sie wieder normal. Dann aber flackern ihre Augen vor unbändigem Zorn. »Fass mich nicht an!« Sie stößt ihn weg.
Ein kranker Wuuhl stürzt sich auf Julia. Tobias kann ihn mit einem Faustschlag abwehren. Dabei wird automatisch der Schutzschirm des Raumanzugs aktiviert.
Im selben Augenblick verschwindet die sinnlose Wut aus Tobias' Kopf. Er kann wieder klar denken. Der Detektiv kombiniert blitzschnell. Der Energieschirm sperrt die Krankheit aus!

»Vanessa, Abwehrschirm einschalten!«
Vanessa hört nicht zu. Sie wird von der kleinen Muuhr abgelenkt.
Das Wuuhlmädchen umkreist die Menschen übermütig und starrt Vanessa aus leuchtend gelben Augen an. »Maumunk, Tehdibähr!«
»Selber Maumunk!«, kontert Vanessa.
Muuhr bleckt herausfordernd die Zähne. »Komm mit, Vahnessah. Wir wollen Quiekies jagen. Gute, frische Quiekies mit langen Schwänzen, ganz zart, komm, komm mit.«
Die Computer übersetzen das Wort »Quiekie«. Tobias schüttelt sich angeekelt. Vanessa aber leckt sich genießerisch die Lippen und hetzt dem Wuuhlmädchen hinterher.
»Vanessa, hier geblieben! Fette Baumratten schmecken dir bestimmt nicht.«
»Hihihi, ich bin schneller!«, hört man Muuhr noch jubeln. Vanessa heult dazu wie ein Werwolf. Dann sind beide im Wald verschwunden.
Tobias kann sich jetzt nicht darum kümmern, denn vier erwachsene Wuuhls kreisen Julia ein. Sie wittern den Menschengeruch. Julia kauert am Boden und knurrt.
In diesem Augenblick fällt ein Schatten auf

sie. Ein plötzlicher Sturm fegt über die Stadt. Blätter fliegen durch die Luft, Zweige werden abgerissen, Windböen wirbeln die Angreifer wie welke Blätter davon. Nur Tobias und Julia werden von einer unsichtbaren Kraft festgehalten. Menschen und Wuuhls sehen staunend zu dem schlanken Raumschiff hoch, das über der Stadt schwebt. Es sieht aus wie ein gewaltiger Haifisch, groß wie ein Berg. Seidig grau glänzt seine Metallhaut. Auf der Rückenflosse leuchtet gelb und rot das Symbol der galaktischen Haifischbande. Tobias jubelt.

»Raumkreuzer Sternenhai meldet sich zur Stelle«, tönt es aus seinem silbernen Armband. »Ay, Freunde! Was dagegen, wenn ich bei der Schlägerei ein wenig mitmische?«

»Ay, Sternenhai«, antwortet Tobias erleichtert. »Du bist in letzter Sekunde gekommen.«

Der Sternenhai

»Verzeiht, dass ich mich verspätet habe.« Die Stimme aus dem Armband klingt sanft und ein wenig spöttisch. »Ich musste noch eine dringende Rettungsaktion durchziehen.«
Julia fletscht die Zähne und knurrt.
»Nanu, Doc Julia. Geht es dir nicht gut?«
»Sie ist krank«, antwortet Tobias an Julias Stelle. »Vanessa auch. Sternenhai, kannst du hier landen?«
»Nicht ohne die halbe Stadt dabei zu verbrennen. Ich hole euch lieber zu mir rauf.«
»Ja, bitte, wenn das geht. Und vielleicht kannst du auch Vanessa finden.«
»Ich habe Agentin Vanessa bereits geortet«, berichtet der Sternenhai. »Sie läuft auf Händen und Füßen durch den Wald, macht Bocksprünge und hat ein kleines, totes Tier im Mund. Ist das ein neues Spiel?«
Tobias stöhnt. »Hol uns einfach rauf. Ich erkläre dir später alles.«
»Ay, ay!« Eine unsichtbare Kraft hebt Tobias

und Julia empor. Sie fliegen direkt zur Schleusentür des Raumschiffs. Aus dem Wald wird die strampelnde, vor Wut schreiende Vanessa aufgesogen. Erst als sich der Schutzschirm des Sternenhais um sie schließt, hört sie auf zu toben. Zuerst sieht sie sich nur verwirrt um. Dann fischt sie mit zwei Fingern die Jagdbeute aus ihrem Mund. Ihre Augen werden kugelrund. Das Vieh sieht tatsächlich aus wie eine fette Ratte.
»Ii-ih!« Angeekelt lässt Vanessa den Kadaver fallen. Sie prustet und spuckt. »Uäh! pfui!«
»Schade um das gute Abendessen«, spottet Tobias.
»Oh, die schmecken tatsächlich gut«, versichert ihnen Julia schmunzelnd. »Quiekie-Braten mit Kräutern ist eine Delikatesse. Auch roh sollen sie ganz vorzüglich sein, behaupten die Wuuhls.«
Die Schleusentür schließt sich automatisch hinter ihnen. Der Sternenhai bittet sie in die Schiffszentrale. Dort erleben sie eine Riesenüberraschung. Auf dem Platz des Kommandanten sitzt . . . »Spocky!«, rufen Vanessa und Tobias erleichtert. »Wie kommst du denn hierher?«
Spocky sieht sie nur stirnrunzelnd und

schweigend an. Nach einer Weile schüttelt er den Kopf und sagt: »Booh ey, Vanessa, du solltest dich dringend mal rasieren.«

»Ich fand Kapitän Spocky im Alpha-Spiralarm der Galaxis, etwa zehn Lichtjahre von Wuuhl entfernt«, berichtet der Sternenhai. »Seine Zeitabweichung betrug exakt zweiundzwanzig Komma drei Jahre Richtung Zukunft. Es gelang mir den Aufenthaltsort des Kapitäns aus den Raumzeitkrümmungsfelderschütterungsmessdaten des missglückten Temporalsprunges zu errechnen.«

»Ah, oh, Raumzeitfeld . . . Wie? Was?«, fragt Tobias verwirrt.

Vanessa presst sich die Hände an die Ohren. »Verschone uns mit deinem Raumfahrt-Chinesisch, alter Angeber. Hast dir ja mächtig Zeit gelassen.«

»Ich muss doch sehr bitten, Agentin Vanessa«, murrt das Raumschiff in beleidigtem Tonfall. »Denkst du, es ist eine Kleinigkeit, ein Staubkorn im Universum zu finden?«

»Du hast es wunderbar gemacht, Sternenhai«, versichert ihm Spocky. »Ich verdanke dir mein Leben. Vanessa ist bloß sauer, weil wir sie mit

einer toten Ratte im Mund fotografiert haben.« Schadenfroh zückt er das Foto. Vanessa will es ihm entreißen, doch er hebt es flink hoch. »Das Bild lassen wir einrahmen. Es bekommt einen Ehrenplatz in der Zentrale der Haifischbande.«
»Wehe, du wagst es!«, faucht Vanessa.
Spocky flüchtet und Vanessa verfolgt ihn. Lachend beobachtet Julia die wilde Hetzjagd durch die Zentrale. »Es ist wirklich ganz wie früher«, schwärmt sie. »Ich würde gerne auch die anderen wieder sehen, in den Anfangstagen der Haifischbande.«
»Das kannst du«, versichert Spocky keuchend. Er hat sich ergeben und liegt total ausgepumpt am Boden. Vanessa zerreißt triumphierend das Foto in winzige Fetzchen.
»Wir reisen alle gemeinsam in unsere Zeit«, fährt Spocky fort. »Jetzt, da der Sternenhai bei uns ist, können wir in aller Ruhe ein Gegenmittel für die Wahnsinnskrankheit suchen. Wir müssen keine Angst haben, dass uns Old Krusemann vorzeitig zurückholt.«
»So ist es«, bestätigt das Raumschiff. »Ich werde den Ruf der Zeitkugel abblocken und euch zurückschicken, wann immer ihr wollt. Nur

Doc Julia kann ich nicht direkt nach Hause befördern. Das geht nur mit der Kristallkugel. Sie muss den Umweg über eure Zeit machen. Ein bestehender Zeittunnel kann nur durch dasselbe Medium geschlossen werden, das ihn aufgerissen hat.«

»Verstehe«, murmelt Spocky. Auch Tobias nickt. »Aha. Dann bin ich die einzige Dumme hier?« Vanessa macht ein langes Gesicht. »Ich hab rein gar nichts kapiert.«

Julia zwinkert ihr zu und flüstert: »Ach was. Die Jungs haben auch null Ahnung. Sie tun nur so, als wären sie überschlau. Reine Angeberei. Und der Sternenhai ist der größte Angeber von allen.«

»Angeber hoch hundert«, flüstert Vanessa zurück.

»Das habe ich gehört, Doktor Winseltüte und freches, kleines Maumunk«, tönt es prompt aus versteckten Lautsprechern. Ein leises Kichern folgt. »Ich bin euch trotzdem nicht böse. Kein Mitglied der Haifischbande kann mich jemals ernsthaft beleidigen, denn ihr seid meine besten Freunde im Universum. So wird es immer bleiben, für alle Zeiten.«

Das Dämonenauge

Julia und Vanessa fliegen noch einmal in den Wald. Diesmal trägt auch Julia einen Raumanzug. Der Energieschirm beschützt die beiden vor den Auswirkungen der Krankheit. Vanessa ringt einen großen Wuuhljäger nieder, wie Rowlf es ihr beigebracht hat.
Julia nimmt die Blutprobe und überprüft sie mit einem Gerät aus ihrer Arzttasche.

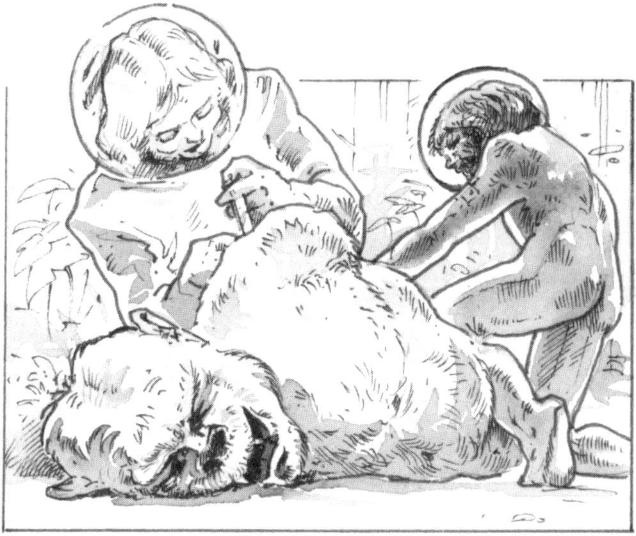

»Wieder Fehlanzeige«, berichtet sie, nachdem sie zum Schiff zurückgekehrt sind. »Diese Seuche ist mir ein Rätsel. Wenn ich nur wüsste, was dahinter steckt.«

»Der Energieschirm sperrt die Krankheit aus«, erinnert sie Tobias. »Vielleicht ist irgendwas in der Luft, das krank macht.«

»Das ist unlogisch«, mischt sich der Sternenhai ein. »Luft wird von den Schirmen nicht ausgesperrt, solange sie nicht giftig oder zu heiß ist.«

»Was sonst? Ich habe alles untersucht, den Boden, das Trinkwasser, die Pflanzen, die Nahrung. Nichts!«

»Der Schutzschirm sperrt die Krankheit aus«, wiederholt Tobias hartnäckig. »Was wird denn von so einem Schirm alles abgewehrt?«

»Oh, alles Mögliche«, antwortet Spocky. »Asteroiden, Pistolenkugeln, Strahlenkanonen . . .«

»Wie? Strahlen?« Julia beugt sich interessiert vor.

»Warum kann es nicht einfach so sein wie bei Werwölfen?«, fragt Vanessa gelangweilt. Das schlaue Getue der anderen geht ihr langsam auf den Keks. »Werwölfe sind meist ganz normale, friedliche Menschen. Doch nachts, wenn der Vollmond scheint, werden sie zu Bestien. Der Vollmond lässt sie total ausflippen.«

»Ach, lass uns mit deinen Märchen zufrieden«, schimpft Tobias.

»Nein«, sagt Julia. »Erzähl mir mehr darüber, Nessie. Wie ist das mit dem Mond?«

Vanessa lässt sich nicht lange bitten. Sie hat jede Menge Gruselgeschichten über Werwölfe gelesen und kennt sich aus. »In Vollmondnächten heulen Hunde und Wölfe oft wie verrückt«, erzählt sie. »Es heißt, dass sie den Mond anbeten. Manche sagen auch, dass sie das Mondlicht verzaubert. Auch Menschen werden manchmal von den Mondstrahlen verhext. Ihnen wachsen Haare und Krallen und . . .«

»Totaler Quatsch!«, behauptet Tobias. Als Detektiv hält er nichts von Dingen, für die es keine Beweise gibt.

Julia ist anderer Meinung. Begeistert springt sie auf. »Nessie, du bist total genial!«

»Weiß ich doch«, murmelt Vanessa geschmeichelt und verwirrt zugleich. Sie überlegt, was an den Werwolfgeschichten so genial ist.

»Sternenhai.« Julia kramt in ihrer Tasche und fischt ein dünnes Buch heraus. »Das ist Rowlfs Tagebuch. Er hat es mir für Forschungszwecke überlassen. Kannst du mal einen Blick reinwerfen?«

Ein blauer Strahl hüllt das Buch für einige Sekunden ein.

»Fertig«, meldet der Sternenhai. »Inhalt wurde gespeichert.«

»Was?«, ruft Spocky fassungslos. »Du hast das ganze Buch gelesen, in ein paar Sekunden und ohne es aufzuschlagen?«

»Natürlich. Kleinigkeit.« Die Lautsprecherstimme klingt hörbar selbstzufrieden.

»Alter Angeber«, flüstert Vanessa.

»Teddybär.«

»Lasst jetzt den Unsinn«, fordert Julia streng. »Sternenhai, in dem Buch hat Rowlf ein Jahr lang aufgeschrieben, wann er seine Krankheitsanfälle hatte. Es ist so eine Art Krankheitskalender.«

»Stimmt«, bestätigt der Sternenhai. »Wie es scheint, tritt die Krankheit in einem regelmäßigen Rhythmus auf.«

Julia nickt. »Das ist mir auch schon aufgefallen. Nur konnte ich bisher nie herausfinden, was dahinter steckt.«

»Und jetzt hast du eine Idee?«, fragt Tobias.

»Ja, dank eurer Hilfe. Spocky hat von Strahlen gesprochen, die von den Schutzschirmen abgewehrt werden, und Vanessa vom Mond, der Wölfe und Menschen verhext. Strahlen vom Mond, versteht ihr? Sternenhai, bitte vergleiche den Rhythmus der Krankheitsfälle mit der Umlaufbahn der Wuuhl-Monde.«

»Ay, Doc, einen Moment bitte.«

»Das kann nicht sein!«, protestiert Tobias. »Wir wurden am Tag krank, nicht bei Mondschein.«

»Auch der Erdenmond kann tagsüber am Himmel stehen«, sagt Spocky. »Bei Sonnenschein ist er bloß nicht so gut erkennbar. Wirklich außer Sichtweite ist ein Mond nur, wenn er gerade auf der anderen Seite des Planeten steht.«

»Sehr gut erklärt, Kapitän«, lobt der Sternenhai. »Ich habe die Daten aus dem Tagebuch mit der Mondumlaufbahn verglichen.«

»Und?«, fragen alle vier gleichzeitig.

»Volltreffer! Vom kleineren Mond wird außerdem eine Strahlung gesendet, die mir unbekannt ist. Mit hoher Wahrscheinlichkeit ist das die Ursache der Krankheit.«

Auf dem Bildschirm erscheint der rote Mond mit dem schwarzen Fleck in der Mitte.

»Dieses rote Dämonenauge also.« Julia zieht ein grimmiges Gesicht und ballt die Faust, als wolle sie dem Mond drohen. »Immer, wenn der rote Mond am Horizont auftaucht, bringt er die Gehirne der Wuuhls durcheinander. Und bei Vollmond sind die Anfälle am schlimmsten. Ohne Vanessa wäre ich nie darauf gekommen.«

»Tja, wenn ihr mich nicht hättet.« Vanessa reibt sich stolz die Hände. »Nun müssen wir nur noch ein Mittel dagegen finden.«
»Schutzschirme?«, fragt Spocky unsicher.
»So ein Schwachsinn!« Vanessa tippt sich an die Stirn. »Du kannst doch nicht jeden Wuuhl in einen Raumanzug stopfen.«
»Für wie blöd hältst du mich?«, verteidigt sich Spocky. »Ich dachte natürlich an einen Energieschild, der den ganzen Planeten beschützt. Was meinst du dazu, Sternenhai?«
»Das wäre eine Lösung«, antwortet das Raumschiff. »Dazu müsste man einen planetaren Schildgenerator bauen. Die Maschine würde aber so groß sein wie ein Hochhaus.«
Julia schüttelt den Kopf. »Das bringen Rowlf und sein Volk niemals fertig. Sie können mit Metall und Stein nicht so gut umgehen. Geht es nicht einfacher, Sternenhai?«
Das kluge Raumschiff antwortet nach kurzem Zögern: »Natürlich könnte ich meinen eigenen Schild dazu verwenden. Dann müsste ich aber für immer zwischen dem Mond und diesem öden Planeten kreisen. Dazu hab ich keine Lust.«

»Keine Lust?«, fragt Julia entrüstet. »Na, hör mal! Du könntest ein ganzes Volk von einer schweren Krankheit heilen.«

»Das ist nicht meine Aufgabe, sondern eure. Lasst euch was anderes einfallen.«

Julia breitet hilflos die Arme aus. »Gegen Strahlen aus dem Weltraum können Ärzte nichts ausrichten. Wir wissen nicht mal, welche Art Strahlung das ist.«

»Aber wir wissen, woher sie kommt. Sehen wir uns die Sache näher an.« Spockys Stimme klingt entschlossen. »Sternenhai, Kurs auf das Dämonenauge setzen.«

»Ay, ay, Kapitän, Kurs liegt an.«

»Booh ey, Volldampf voraus.«

Höllenmond und Sternenfeuer

Für das supermoderne Raumschiff ist die Reise nur ein Katzensprung. Es dauert kaum zwei Minuten und sie schweben über dem roten Mond.

»Seht euch das an«, meint Spocky. »Das ist die reinste Hölle.«

»Temperatur achthundertzehn Grad Celsius«, kommentiert der Sternenhai. »Die Oberfläche besteht aus glühendem Gestein. Der Mond ist von Vulkanen durchlöchert wie ein alter Käse.«

»Das heißt wohl, dass es dort stinkt«, vermutet Vanessa.

»Du würdest beim ersten Schnuppern glatt tot umfallen«, antwortet das Raumschiff lachend. »Dort unten gibt es keine Luft, nur giftige Gase. Der schwarze Fleck ist ein riesiger Krater. Das Loch ist über zehntausend Meter tief. Wahrscheinlich ist dort ein Komet eingeschlagen. Die krank machenden Strahlen kommen aus diesem Loch.«

»Wir fliegen rein«, entscheidet Spocky.
Obwohl der Sternenhai über zweihundert Meter lang ist, wirkt er gegen den Riesenkrater winzig. Auf dem Bildschirm wird es dunkel. Sie tauchen in schwarzen Nebel ein, schwärzer als die finsterste Nacht. Weiter unten wird es heller. Unheimliche grüne Gebilde drehen

und winden sich wie Schlangen und Dämonenwesen. Dazu hört man unheimliche Laute, leises Jaulen, Pfeifen und Knarren.
»Was zum Teufel ist das?«, stößt Spocky hervor. »Ich habe das Gefühl, als ob uns jemand beobachtet.«
»Ich auch«, flüstert Julia. Vanessa und Tobias nicken.
»Achtung«, warnt der Sternenhai, »die unbekannte Strahlung wird immer stärker. Sie durchdringt unseren Schutzschild.«
Gleich darauf werden die Menschen an Bord von unbändiger Wut beherrscht.
»Dieses Höllenloch, diese verflixte rote Mondkartoffel!«, schreit Spocky. »Wir müssen sie vernichten! Sternenhai, Strahlenkanone fertig machen. Vanessa, auf Gefechtsposition.«
»Ay, ay, Kapitän!«, ruft Vanessa. Ihr Gesicht ist grimmig verzerrt. »Wir sprengen das widerliche Ding in Millionen Stücke.« Sie lässt sich in den Stuhl des Kanoniers fallen. Vanessa weiß, wie man die Strahlenkanone abfeuert. Sie hat es bei ihrem letzten Zukunftsabenteuer gelernt.
»Feuer frei«, befiehlt Spocky.

Vanessa drückt auf den Feuerknopf, doch nichts passiert. Keine grellen Strahlenbündel züngeln aus dem Haifischmaul. Stattdessen macht das Raumschiff kehrt und fliegt mit Volldampf raus aus dem Höllenschlund in den Weltraum.

»Ich bitte um Verzeihung, Kapitän, aber ich konnte nicht zulassen, dass der Mond vernichtet wird. Bei einer Explosion würden unzählige Trümmer auf den nahen Planeten fallen. Dabei könnten viele Wuuhls sterben.«

»Ist schon gut, Sternenhai«, keucht Spocky. Die sinnlose Wut ist verschwunden. Er kann wieder klar denken. »Dieser schreckliche Mond muss trotzdem weg. Er macht uns alle krank.«

»Wie willst du das anstellen?«, fragt Vanessa. »Sollen wir aussteigen und ihn wegschieben wie ein kaputtes Auto?«

»Gute Idee«, lobt sie der Sternenhai. »Wir schubsen den Mond aus dem Sonnensystem in den freien Weltraum, wo er niemanden mehr krank machen kann.«

»Nie und nimmer!«, ruft Vanessa. »Gegen das Riesending bist du ein Winzling. Da könnte

ebenso gut eine Ameise versuchen einen Bagger wegzuschieben.«
»Ich bin keine Ameise, sondern das mächtigste Raumschiff der Galaxis.«
»Angeber!«
»Frecher Maumunk.«
»Ruhe!«, fordert Spocky genervt. »Wir machen es so, wie der Sternenhai vorgeschlagen hat. Kannst loslegen, Kumpel. Kick die hässliche rote Kartoffel weg.«
»Ein wenig Geduld bitte. Vorher muss ich noch was essen, denn es ist wie gesagt eine ziemlich große Kartoffel. Das wird Schwerarbeit.«
»Essen? Galaktische Würstchen mit Bratkartoffeln etwa?«
Der Sternenhai kichert. »Nein, danke. Ich nehme mir lieber einen Happen Sternenfeuer. Die Sonne von Wuuhl hat genug davon. Passt mal auf.«
Das Raumschiff nimmt Kurs auf die Sonne. Schnell wird die weiß glühende Scheibe größer. In der Zentrale muss das Licht gefiltert werden, damit niemand geblendet wird. Bald sind sie so nahe, dass der Sonnenball den ganzen Bildschirm ausfüllt. Es ist, als würden sie

in eine explodierende Atombombe fliegen. Julia und Tobias werden blass. Spocky sitzt verkrampft in seinem Kommandosessel und sogar Vanessa nagt nervös an ihrer Unterlippe. Unvorstellbar mächtige Explosionen toben auf der Sonne. Glühende Teile der Oberfläche werden wie feurige Bogen in den Weltraum geschleudert. Flammende Tore aus Sternenfeuer. Da draußen müssen abertausende Hitzegrade herrschen.

»Ah, das tut gut«, seufzt der Sternenhai. »Endlich kann ich wieder mal so richtig schlemmen.«

»Mahlzeit«, wünscht Vanessa. »Überfriss dich bloß nicht.«
Lange dauert es, bis die Fütterung beendet ist. Als das Raumschiff endlich wieder Kurs auf den Mond nimmt, sieht es selbst wie ein blendend heller, funkelnder Stern aus. Aus seinem Schiffsbauch tönt ein tiefes Summen. Der Boden der Zentrale beginnt zu zittern. Ein breiter Feuerstrahl strömt aus dem Haifischmaul zum Mond.
Der Sternenhai erklärt, was er vorhat: »Alle Himmelskörper, Planeten, Monde, Meteore und so weiter, drehen sich wie ein Kreisel um die eigene Achse«, beginnt er.
»So wie die Erde?«, fragt Tobias.
»Ja, genauso. Auch der Höllenmond dreht sich. Mit Hilfe des Sternenfeuers schubsen wir ihn an, damit er schneller kreiselt.«
»Warum das?«, fragt Tobias gespannt.
»Es ist schwer, zu erklären. Wenn wir dafür sorgen, dass sich der Mond schneller dreht, wird er aus seiner Bahn geworfen. Er wird nicht länger den Planeten umkreisen, sondern sich immer weiter entfernen und schließlich in den freien Weltraum geschleudert werden.«

»Schon wieder dieses Raumfahrer-Chinesisch«, murrt Vanessa. »Langweilig hoch hundert!«
»Du wirst noch genug Action haben«, verspricht ihr der Sternenhai. »Sieh auf den Bildschirm.«
Auf der Mondoberfläche blitzt und brodelt es. Funken sprühen, Felsen wirbeln durch die giftige Luft.
»Wow, da unten ist ordentlich was los.«
»Stell dir vor, du sitzt auf einem Karussell, das sich ganz schnell dreht«, sagt der Sternenhai. »Wenn du dich nicht festhältst, wirst du abgeworfen. Fliehkraft nennt man das. Durch unser Anschubsen wird sich der Mond bald so schnell drehen, dass sogar große Felsen in den Weltraum geschleudert werden. Manche Felsbrocken könnten den Planeten treffen und wie Bomben dort einschlagen. Deshalb müssen wir sie vorher abfangen.«
»Abfangen? Du meinst abknallen?«, fragt Vanessa aufgeregt. »Traust du dir das zu?«
»Na, und ob! Das wird so wie bei dem Videospiel.«

Stundenlang sitzt Vanessa mit glühenden Wangen an den Schiffskanonen. Strahlenbündel zucken aus dem Haifischmaul und zerstören alle Felsbrocken, die dem Planeten zu nahe kommen. Vanessa kann nicht genug davon kriegen. Sie ist so schnell und treffsicher, dass sogar der Sternenhai staunt. Fast den ganzen restlichen Tag dauert das kosmische Feuerwerk. Dann wird der Gesteinshagel schwächer und ungefährlich.

Abschiede

Auf dem Planeten Wuuhl wird ein Freudenfest gefeiert. Julia, Vanessa, Tobias und Spocky sind Ehrengäste. Der Sternenhai ist auch eingeladen. Er schwebt über der Baumstadt und beschützt die Feiernden mit seinem Energieschild. Zum ersten Mal können Rowlf und sein Volk in Frieden das Dämonenauge betrachten, ohne dass sie sich dadurch in Bestien verwandeln. Die hässliche rote Scheibe sieht ein wenig kleiner aus, als sie es gewohnt sind.

»Der Mond hat seine alte Bahn schon verlassen«, sagt der Sternenhai. »Er wird sich jetzt täglich weiter von euch entfernen. Nur noch zwanzig Tage, dann können euch seine Strahlen nie mehr stören.«

»Wir wissen gar nicht, wie wir euch danken sollen«, versichert Rowlf. »Nie werden wir euch vergessen.«

»Doch, das werdet ihr«, widerspricht Julia lächelnd. »Wenn viele, viele Jahre vergangen sind, wird sich niemand mehr erinnern. Nur eine Legende, eine Geschichte über die schreckliche Krankheit, wird übrig bleiben.«

»Und was passiert mit dem Höllenmond?«, fragt Vanessa. Sie kratzt sich stöhnend. Die lästigen Körperhaare sind schon vor Stunden ausgefallen. Trotzdem juckt es immer noch entsetzlich. Na, wenigstens kann man sie nicht mehr mit einem Teddybären verwechseln.

»Der Höllenmond?« Julia sieht hinauf zum Himmel. »Der zieht nun durch den Weltraum. In der Zukunft wird ihn die Schwerkraft eines anderen Planeten einfangen. Er wird den Planeten umkreisen und alle, die dort landen, werden verrückt. Aber nun weiß ich, was ich dagegen tun kann. Ich werde zurück in meine Zeit reisen und die Kranken von dem Planeten abholen. Denn jetzt ist klar, dass es keine ansteckende Seuche ist. Und danach soll die galaktische Raumflotte dieses widerliche Dämonenauge vernichten.«

»Warum erledigen wir das nicht selbst?«, fragt Vanessa eifrig. »Warten wir, bis sich der Mond weit genug entfernt hat, und dann . . . Krachbumm!«

»Nein«, sagt der Sternenhai. »Wir dürfen die Zukunft, die wir kennen, nicht verändern. Das wäre sehr gefährlich. Zeitparadoxon nennt man das.«
Tobias nickt. Er erinnert sich, dass auch Old Krusemann davor gewarnt hat. »Ich glaube, wir sollten auch bald abreisen. Unsere Mission ist beendet.«
»Nichts da!«, protestiert Rowlf. »Keiner von euch verkrümelt sich, bevor er nicht wenigstens einen gebratenen Quiekie gegessen hat.«
Er serviert ihnen vier Baumratten auf einem Holzteller. Spocky, Julia und Tobias lassen sich nicht lange bitten. Nur Vanessa verzieht angeekelt das Gesicht.
»Igitt, da sind ja sogar noch die Ohren und Schwänze dran.«
»Ja, der Schwanz ist besonders knusprig«, sagt Spocky und knabbert begeistert. »Lecker, lecker. Probier es. Schmeckt besser als Hühnchen.«
»Hab keinen Hunger.«
»Doch, du musst was essen«, drängt Muuhr. »Wer nichts isst, bleibt für immer ein kleiner Maumunk.«

»Sie traut sich nicht«, vermutet Tobias.
Das kann Vanessa natürlich nicht auf sich sitzen lassen. Sie schließt die Augen und beißt mit Todesverachtung in ihre Ratte. So gut schmeckt es ihr, dass am Ende nur die Knochen übrig bleiben. »Kann ich noch eine haben?«, fragt sie.

»Hohoho!«, brüllt Rowlf und klopft ihr auf die Schulter. »So ist's recht! Wir haben genug davon. Ihr könnt euch mitnehmen, so viel ihr wollt.« Als Abschiedsgeschenk stopft er ihr einen großen Rucksack voll.

In der Morgendämmerung brechen sie auf. Spocky, Vanessa, Tobias und Julia stellen sich im Kreis auf und fassen sich an den Händen. Spocky nimmt sich vor, diesmal auf keinen Fall loszulassen.
»Wenn ihr in eure Zeit zurückkehrt«, sagt der Sternenhai, »wird es so sein, als wärt ihr nur eine Minute weg gewesen. Ich wünsche euch eine gute Reise.«
»Am liebsten würde ich hier bleiben und für immer mit dir durch den Weltraum düsen«, sagt Spocky. »Wann sehen wir uns wieder?«
»Bald, Kapitän«, verspricht der Sternenhai. »Vielleicht eher, als du denkst.«
Die letzten Worte hört Spocky nur noch wie ein schwaches Echo. Dunkelheit umhüllt die Reisenden und sie werden zurückgeschleudert, durch den Sternentunnel aus Raum und Zeit.

Es geschieht, wie es der Sternenhai versprochen hat. Als sie in Old Krusemanns Wohnwagen ankommen, schwört der alte Seebär, sie wären nur eine Minute weg gewesen.
Doktor Julia und Old Krusemann umarmen sich. Sie sind alte Freunde.
»Es ist seltsam«, sagt Julia. »Vor der Panne mit der Zeitkugel waren wir beide gleich alt. Für mich sind auf der Wolfswelt nur vier Wochen vergangen. Und für dich auf der Erde . . .«
»Sieben Jahre«, ergänzt Old Krusemann. »Ja, wer mit der Zeit spielt, erlebt so manche Überraschung. Ich bin jedenfalls froh, dass ihr alle heil zurückgekommen seid.« Er klopft Spocky und Tobias auf die Schulter und zupft die murrende Vanessa an den Haaren.
»Wissen die Kids, wer du in Wahrheit bist?«, fragt Julia.
»Sie wissen nur, dass ich ein Mitglied der Haifischbande bin«, antwortet Old Krusemann und zwinkert ihr zu. »Mehr wird nicht verraten.«
Julia zwinkert zurück. »Pass weiter gut auf unsere jungen Freunde auf, mein Alter. Ich werde so schnell wie möglich in meine eigene Zeit zurückreisen.«

»Ich dachte, du wolltest auch die anderen sehen«, meint Vanessa enttäuscht.
»Ich hab's mir anders überlegt. Es ist nicht gut, wenn man zu viel von seiner eigenen Zukunft kennt. Wenn man immer wüsste, was morgen geschieht, wäre das entsetzlich langweilig, nicht wahr?«
Spocky nickt. »Aber bevor du abreist, muss ich dich was fragen.« Er flüstert Julia etwas ins Ohr. Vanessa macht lange Ohren, doch kann sie nicht verstehen, was er sagt.
Julia grinst. Sie langt in ihre Arzttasche und übergibt Spocky ein geheimnisvolles Fläschchen mit Sprühkopf. »Oh, und hier habe ich noch ein Geschenk von Rowlf für euch«, sagt sie.
Jeder bekommt eine dicke braune Bohne. »Pflanzt sie in eurem Garten, in einem Wald oder an einer Stelle, die ihr besonders gern habt. Schon bald wird ein Bäumchen daraus sprießen. Wenn ihr erwachsen seid, könnt ihr dann in ein wunderschönes Baumhaus einziehen.«
»Wir pflanzen die Baumhäuser im Hof der alten Fischfabrik«, schlägt Spocky vor.

Die anderen nicken.
Old Krusemann legt das Bild aus Julias Zeit unter die Kugel. Weil sie niemandem die Hand reichen kann, bildet sie einfach mit den Armen einen Ring um die Kugel.
»Vielen Dank, Freunde«, sagt sie. »Findet auch die anderen Zeitreisenden und schickt sie heil nach Hause.« Und Old Krusemann bittet sie: »Du, alter Sternenkapitän, kommst als Letzter heim, wenn alle gefunden sind. Versprich es mir.«
»Ay, großes Klabauterehrenwort, min Deern.« Der Alte lacht dröhnend und dreht die Kugel dreimal. Ein flimmernder Luftwirbel hüllt Julia ein. »Lebt wohl«, tönt es noch einmal aus dem Wirbel. Dann ist sie verschwunden.
»Leb wohl!«, rufen auch Vanessa und Tobias. Nur Spocky steht mit offenem Mund da. »Was hat sie zu dir gesagt?«, fragt er Old Krusemann. »Alter Sternenkapitän?«
Der Alte sieht ihn verschmitzt an. »Gewiss meint sie damit, dass ich auf vielen Meeren und unter unzähligen fremden Sternen gesegelt bin, min Jong. Vielleicht meint sie aber auch was ganz anderes. Wer weiß.« Mit diesen

rätselhaften Worten schiebt er die drei hinaus und schließt die Tür des Wohnwagens hinter sich.

Die Kids sehen sich verdutzt an.

»Der Alte benimmt sich von Tag zu Tag eigenartiger«, murmelt Tobias.

»Vollkommen plemplem«, ergänzt Vanessa.

»Wer weiß«, sagt Spocky leise. »Kommt, gehen wir zu den anderen.«

Mitbringsel aus der Zukunft

In der Zentrale der Haifischbande geht es rund.

Eigentlich wollte das Zukunftskommando alle elf Mitglieder zu einem Festschmaus einladen, doch es kommt anders.

Specky hat den Rucksack mit den gebratenen Baumratten entdeckt und fällt wie ein rasender Werwolf darüber her.

Viel wird für die anderen wohl nicht übrig bleiben.

Bastian präsentiert Vanessa stolz den neuen Höchstpunktestand des Videospiels. An erster Stelle steht nun nicht mehr der Name »Vanessa«, sondern groß und fett: »Long Basti, der *ältere* Bruder Vanessas!!!«

Das kann sich die Kanonierin des Sternenhais natürlich nicht bieten lassen. Wild entschlossen wirbelt sie mit dem Joystick, um einen neuen Rekord aufzustellen.

Tobias möchte Tine und Mehmet zur Vernunft bringen.

Die beiden streiten noch immer, dass die Fetzen fliegen.
Da winkt Spocky Mehmet zu sich und tut sehr geheimnisvoll.
»Wenn du dich an Tine rächen willst, hab ich genau die richtige Geheimwaffe aus der Zukunft für dich mitgebracht«, flüstert er ihm zu. »Du darfst ihr aber nicht verraten, dass du es von mir hast, klar?«
»Ich schwöre es«, wispert Mehmet zurück. »Was ist es?«
»Ein Parfüm vom Planeten Wolfswelt. Wenn du dich damit einsprühst, verlieben sich auf der Stelle alle Mädchen in dich. Sie werden ganz friedlich und gehorchen dir aufs Wort. Natürlich hält das nur so lange, bis der Duft wieder verschwindet.«
»Tatsächlich?« Mehmet starrt auf das Fläschchen. »Das muss ich sofort ausprobieren.«
Er sprüht sich eine Parfümwolke ins Gesicht und schnappt nach Luft. »Pöh! Wie das stinkt! Und jucken tut's.«
»Mädchen lieben das«, lügt Spocky. Endlich kann er Mehmet die Juckpulverattacke heim-

zahlen. »Los, los, sprüh weiter, die ganze Flasche, sonst wirkt es nicht.«

»Okay, wird ratzfatz erledigt.«

Tapfer macht Mehmet weiter, bis das Fläschchen leer ist.

»Fenster auf!«, fordert Vanessa und rümpft die Nase.

»Iih!«, ruft Tine. »Ist ja wi-der-lich!« Sie schnüffelt und dreht sich vorwurfsvoll nach Specky um.

»Ich bin unschuldig«, beteuert Specky. »Der da war's.« Er deutet auf Mehmet, der sich verzweifelt kratzt. Das Parfüm wirkt noch schlimmer als sein Spezialjuckpulver.

»Hä?«, macht Tine. Ihre Augen werden groß.

»Ha-huahahahaaa!«

Mehmet sieht plötzlich so schlecht. Das liegt an dem Haarvorhang, der ihm über die Augen hängt. Er trabt zum Spiegel und fällt fast um vor Schreck. Man kann vor lauter Haaren kaum noch erkennen, an welcher Seite seines Kopfes das Gesicht ist. »Spocky!«, brüllt er. »Du Wahnsinniger! Du Irrer!«

»Aah!«, kreischt Julia, die gerade zur Tür hereinkommt. »Hilfe, ein Werwolf!«

Und so nimmt alles wieder seinen gewohnten Lauf.
Julia steht kreischend am Tisch. Mehmet verfolgt Spocky, brüllend wie ein Steinzeitbarbar. Tine wälzt sich lachend am Boden. Specky wirft lässig abgenagte Knochen über die Schulter und Vanessa werkelt wie verrückt

mit dem Joystick. Die Lautsprecher des Computers sind voll aufgedreht. Laserstrahlen zischen, es wummert und kracht.
Tobias flüchtet in sein Detektivbüro und wirft die Tür hinter sich zu. »Wahnsinn«, keucht er. »Sie sind alle vollkommen plemplem.«